藩主の乱

御庭番の二代目2

氷月　葵

二見時代小説文庫

目次

藩主の乱——御庭番の二代目2

第一章　西の丸の下命

一

江戸城本丸。

中奥の南西に広がる庭を、宮地加門はきょろきょろと見まわしながら歩いていた。上様御座所に隣接するこの庭に来るのは、三日ぶりだ。

「あ、父上」

探していた姿を見つけて、加門は小走りになる。父の友右衛門も木立の陰から出て来て、息子に気がついた。

「おう、加門、医学所の講義はすんだのか」

加門は町中で暮らし、医学所に通っている。講義は午前中で終わるのが常だ。

「はい、午後は薬園の手入れがあったのですが、昨日、遅くまでやったので、今日は休ませてもらいました」

医学所の庭には薬草が植えられており、薬園となっている。この六月は草々の成長が著しく手入れが忙しい。特に梅雨の明けたばかりは、草が一気に伸びる。医学所の弟子達は日々、その手入れにかり出されていた。

「せめて、三日に一度はこちらにも参らねばと思いまして」

「うむ、そうだな、御下命で医術を学んでおるとはいえ、そなたは御庭番の見習い、こちらもおろそかにしてはならん」

「はい」

向き合っていた二人は、ざわめきに気づいて顔を回した。

中奥から八代将軍である徳川吉宗が、庭へと出て来たのだ。

皆が集まり、深々と礼をする。加門と友右衛門も走り寄って、腰を折った。

吉宗は歩きながら、こちらに目を向けると、口を開いた。

「宮地加門、来ていたか」

「はっ」

「付いて参れ」

先を行く吉宗の背を見つめて、加門もあとに従う。小姓など三人が付き従うだけの、簡素な一行だ。行き先は西の丸であろう、と加門は推測した。

西の丸では、先月の五月二十二日、世子である家重に初めての子が生まれたばかりだ。男子であることに吉宗は大いに喜び、竹千代と名づけられたその赤子に会いに、しばしば西の丸を訪れるようになった。

推察したとおり、吉宗は大奥脇の西桔橋御門を抜けた。門の先は本丸から堀へと下りて行く坂だ。狐の巣穴があるらしく、しばしば狐が姿を現すため、狐坂と呼ばれている。この坂からは、向かいに広い吹上の庭が見渡せる。

堀を渡る西桔橋を渡りながら、吉宗は小さく加門を振り向いた。

「先日、西の丸でそなたの名が出たのでな」

はっ、と加門は頷く。

西の丸にはすでに何度も行っている。家重にはいくども目通りをしているし、竹千代君を生んだ側室お幸の方とも対面をした。それになによりも、田沼意次がいるのだ。

父親同士が紀州時代から親しかった縁で、意次と加門は幼馴染みとして近しくつきあってきた。生まれ年も同じで、共に今年、十九歳になっている。その意次は家重の小姓として、西の丸に詰めているのだ。

右手に紅葉山を見ながら進んで行く。紅葉山には、家康公を祀った東照宮が建てられている。家康を尊崇する吉宗が、手を入れ立派にしたものだ。

紅葉山を通り過ぎると、その先に西の丸の御殿が見えてきた。そこへ至るための御門をくぐる。

いつもは門番に通行手形を見せることになっている。外の御門も中の御門も、警護は厳重だ。御庭番も例にもれず、加門は常に手形を持ち歩いている。

門番を務めているのは伊賀者だ。加門は、ときにあからさまに渋い顔を向けられることもある。が、今日は将軍のお供であるから、皆、平伏して加門のことなど気に留めていない。

西の丸の御殿は大きい。表と中奥、大奥と、本丸ほどではないにしろ、それぞれに分かれている。中奥に着くと、すでに先触れで知らされていたらしく、玄関に家重が出迎えていた。うしろには小姓の大岡忠光と田沼意次が控えている。意次は直ぐに加門の姿に気がついた。

吉宗と供の者らは玄関を上がる。が、加門はさすがに、それに付いていくのは憚られ、玄関の外で控えることにした。

吉宗が廊下を進むと、すぐに家重一行はそのあとに従った。意次は振り向くと、目で「そのまま待っていてくれ」と、語りかけてきた。加門も目で頷く。

玄関前にいた加門は、そこから木の下に移動した。強い陽射しを避けるためだ。じりじりとした光が、地面の上の空気を揺らしている。

それを見つめていると、箒を持った男が背後からやって来た。この男もやはり伊賀者だ。

江戸を開いた家康は、西から伊賀の忍び衆を連れ来て、城に置いた。まだ世の定まっていなかった当時は、忍びの働きが必要だったのだ。

しかし、それから世が平らかになるにつれて、忍びの仕事はなくなっていった。伊賀者は城の警護の役がもっぱらとなり、それ以外の仕事はもはやない。

そこに、新しく御庭番が加わったのが、八代将軍の世になってからだった。紀州藩主であった吉宗は、江戸では新参者だ。周囲がどこまで敵か味方か、わからない。ために、吉宗は自分のための御庭番を置いたのである。

もともと、紀州でも吉宗は隠密などの務めを果たす役を作っていた。薬込役と呼ばれていた者達だ。鉄砲に火薬を詰める役がその元であるが、火薬というのは製造の秘密が多い。ためにそれを扱う者達が、隠密としても働くようになった、というのがその変遷の経緯だ。

その薬込役十六名が江戸城に置かれ、従来からあった御広敷伊賀者に組み込まれた。そして、享保十一年には、そのうちの七名が御庭締戸番、残り九名が伊賀御庭番と称されるようになり、それが御庭番という職名のはじまりだった。さらに、十四年には一名が追加され、この十七名が御庭番の祖となったのである。

しかし、御庭番が将軍直属の隠密であることは、ほとんど知られていない。警護役に付いている伊賀者と同じように考えている者がほとんどだ。そして、それが小さな確執を生んでいる。

家康以来の伊賀者は三十俵二人扶持であるのに対し、吉宗配下の御庭番は三十五俵三人扶持だ。同じように庭の掃除をする者なのに、なぜ違うのか、というのが従来の伊賀者の不満となっている。ために、古参の伊賀者のなかには御庭番衆を面白く思わない者がいるのだ。

加門はくるぶしに土埃が当たるのを感じて、振り向いた。伊賀者の若い男は派手に箒を動かし、埃が加門にかかるように掃いている。

目が合うと、男はふん、と口元を歪めた。役に就いて間もないのか、見たことのない男だ。

玄関番をしている伊賀者達は、顔で「やめろ」と男に示している。「上様のお供で来たんだぞ」と、一人は口でぱくぱくと無言のしゃべりをしているが、男はそれに気がつかずに、ざっざと箒を動かす。

くるぶしに小石が当たった加門は、その男を振り返った。

男と再度目が合った。

加門は、口元に笑みを浮かべると、

「ああ、これは邪魔でしたね、失礼」

と言って、その場を離れて、木陰から出た。

痛いような陽射しが首筋を焼く。たちまちに汗も吹き出すが、じっと耐えて立ち続けた。

箒を持った男は気分よさげに、音も高らかに地面を掃く。

なんのこれしき、と加門は胸の内でつぶやいた。

額から滲(にじ)み出た汗を流れるままに感じていると、

「加門」

玄関から声が上がった。

意次が上がり框(がまち)から手招きをしている。

「来い、待たせたな」

その言葉に、加門は早足で玄関に向かう。

箒を持つ男はその手を止めて、加門の背中を見つめた。

加門がちらりと振り返ると、目を見開いているのがわかった。

意次に招かれて上がる加門を見ながら、男が顔を歪ませていくのがわかった。しまった、と顔が言っている。御家人の伊賀者から見れば、家重の小姓を務める旗本の意次は身分が上だ。男はくるりと背を向けると、慌ててその場を去っていった。

草履を脱いだ加門に、意次は背を向けて促す。

「わたしの部屋に来てくれ」

長い廊下の先に、すでにいくども訪れている意次の部屋があった。

意次の部屋には、よけいなものがない。飾り物といえば、鮮やかな色絵の描かれた屏風くらいだ。

三年前に西の丸の小姓として上がってから、意次は家重に仕えている。その年の暮れに父の田沼意行が亡くなったために、翌年に当主の座を継いで、元服したのである。

「水を持って来ておいたぞ」

意次が大振りの茶碗を差し出すと、

「おお、ありがたい」

と加門は受け取った。ごくごくと動く加門の喉を見ながら、意次は向かいに胡座をかいた。

口元をぬぐって、加門が問うた。

「ああ、生き返った、ところで若君の御ようすはどうだ」

「ああ、竹千代様はお健やかだ。まあ、そのことでな、そなたに訊きたいことがあったのだ」

「なんだ」

「うむ、家重様もそうだが、上様が竹千代様のお身体をたいそう気にしておられるのが、見ていてわかるのだ。家重様と同じようになるのではないかと、案じておられるのだろう」

加門がぐっと息を吞む。

家重には麻痺がある。顔が強ばっていて、特に口元に歪みが見てとれる。そのせいで、発語が明瞭でなく、聞き取りにくい。家重自身、それを苦にしてか、大勢の前ではあまりしゃべりたがらない。

以前、加門はそのことを医術の師である阿部将翁に、訊いてみたことがある。将翁はそれは麻痺であり、治るものではない、しかし、知性に障り(さわ)を起こすものではない、と明言した。

ううむ、と唸る加門に、意次が身を乗り出す。

「家重様の御病気は子にも受け継がれるものなのか、そなた、わかるか」

「わからん」加門はきっぱりと首を振る。

「そうか、そのことか。上様が来る途中で、先日、わたしの名が西の丸で上がったと言われたのだ」

「ああ、いや、それならばそのことではない。若君に関しては、それぞれに御懸念をお持ちなのがお顔でわかるのだが、言葉には出されないのだ。まあ、だからこそ、こうしてこっそりと訊いているわけでな」

「そうか……わたしにはわからぬから、先生に訊いてみよう。今、竹千代様はひと月におなりか」

「うむ、五月の二十二日にお生まれになったから……今日が六月二十七日、ひと月を数日、過ぎたところだな」

「ほやほやの赤子か、それでわかるものなのかどうか……まあ、とにかく訊いてみる。用件は、ではべつのことか」

「ああ、お幸の方様のことなのだ。お乳をあげておられるのだが、ときどき出の悪いことがあるということでな、乳の出がよくなる薬がほしいのだ」

「お幸の方様が……乳母ではなく、御自身でお乳をあげておられるのか」

「ああ、そうだ、家重様もお方様も、他人の乳を吸わせるのは危険だと考えておられるのだろう。まあ、それは我らも同じ。あのようなことがあったことだしな」

うむ、と加門は頷く。

家重は去年の十一月、鷹狩りに行ったさいに寄った小菅御殿で腹の具合を悪くし、そのまま床についたことがあった。いつまでもよくならないことを懸念した吉宗が、薬草にくわしい加門に命じ、状況を探らせたのだ。

加門が行って探ってみると、御殿に派遣されていた医者の細木昇庵が、腹の下る薬を出していたことが判明したのである。加門はこっそり薬をすり替え、家重は回復した。が、そのことから、もともと抱いていた周囲への不信感を家重はますます募らせることになったのだ。

「確かに、危ういことはできるだけ減らすに限るな。わかった、それも先生に訊いてみよう。産後の肥立ちに効く薬もあるくらいだから、乳の出がよくなるものもあるはずだ」

「そうか、それは心強い。そのことでそなたの名が上がったのだ。家重様が宮地加門に問うてみよ、と仰せになられてな。やはり、そなたに医術を学ばせたのは、賢明な御判断であったな」

いや、と加門は苦笑する。

「まだまだ修業が足りん。それにわたしも医術が面白くてたまらないのだから、こんなありがたいお役目はないと思っている」

そう言いつつ、加門は忙しいであろう意次を気遣って腰を浮かせた。意次も立ち上がりつつ、加門に顔を寄せる。

「それとな、もう一つ、家重様からの命があるのだ」

なに、と加門は意次の息を感じながら向き合う。意次はその耳に口を寄せる。

「そら、このたびあのお方が勝手掛に任じられたであろう」

「ああ、上様がお命じになったのだったな」

「うむ、そのことで、少しな……しかし、ここでは話せん、鼠がおるしな。近いうちに、そなたの神田の家に参るゆえ、そこでくわしく話す」

そう言って顔を離す意次に、加門は目を見て頷いた。

西の丸の御門を出て、加門はやって来た西桔橋へと足を向けた。が、直ぐにそれを止めてくるりと踵を返すと、反対の方向へと歩き出した。

本丸下の蓮池濠に沿って進み、蓮池御門を通る。そこから広場を抜ければ二の丸に行けるのだ。

広場に足を踏み入れて、加門は立ち止まった。

本丸から下ってくる坂を、大身らしい旗本の一行がやって来る。前を横切るわけにはいかないため、加門は石垣の下でそれを見送ることにした。

広場には大番所や百人番所、同心番所などがあり、通る人々を見張っている。旗本一行が行き過ぎると、加門はまた歩き出そうと、踏み出した。が、それもすぐに止めた。坂の上から、より大仰な一行が降りて来たのだ。

あのお方だ……加門は口中でつぶやいて退く。

下りて来たのは老中首座を務める松平乗邑だった。この六月に勝手掛に任命もされている。勝手掛とは、幕府の財政を取り仕切る最高責任者だ。

乗邑は享保八年（一七二三）、三十八歳の若さで異例の老中抜擢を受けた。誰もが目を瞠るほどの聡明さを、吉宗が評価したためだ。

しかし、乗邑は城内に一つの混乱を生んだ。

言語不明瞭な家重を廃嫡し、才気煥発な次男の宗武を跡継ぎにすべし、と上奏したのである。長子相続が家康の遺訓である、と吉宗は却下したが、その後も乗邑はその意見を公言し続けている。宗武自身も、もともと兄よりも勝っているという自負があるため、乗邑の言葉に意を強くしているのだ。

乗邑は一行は、皆の礼を受けて通り過ぎて行った。

人気が失せたのを見計らって、加門は広場を通り抜ける。二の丸に続く御門を抜けて、木立の多い敷地へと入った。

二の丸は本丸の東に位置する。

本丸は将軍の居城でもあり、政務を行う場所でもある。西の丸は将軍の跡継ぎが住まう御殿となっている。そのほかの兄弟などは、二の丸や三の丸で暮らすのがしきたりだ。家重の弟である宗武と宗尹は、二の丸育ちだ。

二の丸は江戸城の内でも最も低い場所にあり、本丸の石垣とのあいだには堀もある。御殿も小さく、その造りは比ぶべくもない。ただ、低い場所だけに泉水があり、回遊できる庭園が造られている。

加門は庭の木立のなかに入ると、そっと二の丸の御殿を窺った。

風を入れるためであろう、障子は開け放たれ、長い廊下がよく見える。

庭に面したその一角で、座して向かい合う人影があった。宗武と宗尹だ。将棋を指しているらしい。

加門は本丸の向こうへと視線を移す。見えないものの、その先には北の丸がある。六年前の享保十六年（一七三一）、北の丸の田安門（たやすもん）の内側に、宗武は屋敷を賜（たまわ）った。田安徳川家の創設だ。吉宗は家康がお家存続のために御三家（ごさんけ）を築いたように、吉宗の血を受け継がせるべく御三卿（ごさんきょう）を置こうと算段していたのだ。のちの将軍が跡継ぎの息子に恵まれなかった場合、この御三卿のなかから養子をとれば、吉宗の血筋が絶えることはない。

しかし、北の丸は木々が繁り、草むらが広がる殺風景な場所だ。宗武はその屋敷を空けて、二の丸にいることが多い。

加門は木陰から、じっと宗武を見つめた。宗武が二の丸に来るのは、ただ北の丸が不便だから、というだけの理由ではないだろう。本丸や西の丸から離れることに忸怩（じくじ）たる思いがあるゆえに違いない、と考えていた。

加門の目が池へと向いた。奥女中達が出て来たのだ。池の畔（ほとり）に咲く桔梗（ききょう）の花を摘みはじめる。

二の丸には、中奥や大奥などの区切りがない。御殿の小ささもあるが、すべてにおいて本丸や西の丸のような厳しさがない。

風に乗って流れてくる女達の笑い声を聞きながら、加門は縁側で将棋を指す将軍の息子達に目を移した。

張り詰めた西の丸よりもこちらの暮らしのほうがよほど気楽であろうに……。そう思いながら、二人を見る。と、その二人に近づく人影があった。

あっと思わず声を出しそうになる。

その人影は旗本の門倉孝之助(かどくらこうのすけ)だった。書院番組頭(しょいんばんくみがしら)の役に就き、二の丸に詰めているのだ。書院番組頭は本来は二の丸には不要とされる役だが、宗武を世子にと言う声が上がったせいで、特別に置かれたものだ。

追従(ついしょう)笑いを浮かべる門倉の顔を、加門の目が険(けわ)しく見つめる。

家重に害となる薬を出した細木昇庵は、門倉の命(めい)を受けた者だった。加門の調べによってそれが明らかになり、口封じのため、細木は門倉の雇った刺客(しかく)によって殺された。

それ以前に、加門自身も門倉の刺客に命を狙われていた。門倉家の二人の息子も、加門のあとを付けたり、刺客を差し向けたりしてきた。そのときのことを思い出すと、腹の底が熱くなってくる。

思わず拳を握りしめた加門は、はっと、背後の気配に振り向いた。

木立の向こうから人影が近づいて来る。

桔梗を摘んでいた奥女中のうちの二人だ。加門はその表情を注視した。二人は笑みを浮かべ、なにかをささやき合いながら、こちらを見ている。警戒心や敵意は感じられない。

どうしたものか、と加門は木立からそっと離れた。そのまま立ち去ってしまうのが一番だろう。女のささやき合う声が聞こえてきた。

「よき男ではないかえ」

「ええ、ほんに」

加門はぐっと喉を詰まらせる。敵意をもたれるよりもなお悪い、と肩に力が入る。

「もし、そこのお方」

女は足を速めて近づいて来る。

加門は出しかけていた足を止めて、微笑みを浮かべる奥女中を見た。年の頃は三十がらみか。年増のふくよかな色気を漂わせている。

「そなた、茶はたしなみますかえ」

「あ、いえ」

加門は後ずさる。どうやら、庭の茶室に連れて行って、退屈しのぎの相手にしようという魂胆らしい。

冗談じゃないぞ……、

「わたしは無粋者ゆえ、御無礼いたします」

頭を下げ、加門はくるりと背中を向けた。そのまま走り出す。

「あら、逃げました」

「まあ、かわゆいこと」

女達の声が、けらけらという笑いとともに背中で響く。

加門はそのまま、二の丸御殿の前を走り過ぎた。

さらに奥へと進めば、端に梅林坂がある。そこを上って行けば、本丸の大奥の裏に出る。

このまま御広敷まで行って、父上に挨拶をして下城しよう……。加門はそう考えながら、梅の木に囲まれた坂を上った。

二

父よりも一足早く下城することにして、加門は堀を渡った。

数寄屋橋御門(すきやばしごもん)を抜けて、町へと歩き出す。

日本橋(にほんばし)へと続く道は、行き交う人が絶え間ない。

しばらく歩いた加門は、突然、項(うなじ)に視線を感じ取った。

誰かが付いて来る。

誰だ……。

加門は目だけで背後を探った。姿を捉えることはできない。

以前、門倉の息子と刺客に付けられたことを思い出す。が、そのときには、すぐにわかった。相手は気配も顕(あら)わに、いかにも素人(しろうと)の後追いだった。が、今日のは違う。気配も極力殺しているし、姿を確かめることができない。

加門は気づかぬふりを装(よそお)い、本屋の前で足を止めた。台に並んだ本を手に取りながら、背中で気配を探る。真うしろに来た、と感じたその瞬間、加門は身体を回した。

男の姿を目で捉えた。若い武士だ。が、加門より歳は上だろう。二十七、八か……

顔はごついが身ぎれいで機敏そうだ。江戸の者だな、と加門は素早く見定める。男は顔を逸らすと、そのまま通り過ぎて行った。

本を元に戻して、加門はゆっくりと身体をずらす。隣の店とのあいだに路地があるのだ。突然、そこに飛び込んで、加門は走り出した。身体を斜めにして、路地を進む。が、男が戻って来た。路地を抜けた加門のあとを追って来る。

加門は走った。

日本橋から、両国へと走る。

両国橋西詰めの広小路は人でいっぱいだ。大道芸人やそれを見る人々もいる。荷物を背負った商人らも行き交う。

その隙間を縫って、加門は広小路を抜けた。

そのまま神田の町へと走り込む。住んでいる家は近い。が、追っ手に知られるわけにはいかない。

家と離れた道を、そのまま進み、ちらりと振り向いた。男はまだ追って来ている。

加門は次の辻を曲がった。

この辺りはすでに路地までよく知っている。

細い道に飛び込むと、加門は戸の開いている八百屋の納屋に身を潜めた。

すぐに戸を閉めて、少しだけ開ける。息を殺して、その隙間から外を見つめた。

男が通り過ぎて行った。が、そのまま息を殺して潜み続ける。

「おおい、菜っ葉を出してくれ」

店のほうから声が上がった。

「はあい」

と、丁稚の返事が聞こえくる。加門は周りを見た。菜っ葉が棚に積んである。加門は慌てて外へと出た。

路地を元に戻る。

辺りを窺うが、男の姿はない。しかし、まだ辺りにいるかもしれない、と思うと、家に戻るのは憚られた。神田の町から、上野の方角へ、加門は歩き出した。


上野の山裾には、多くの茶店がある。

不忍池を囲むのは男女が忍び会う出会い茶屋だが、山のすぐ下に並ぶのは団子や茶を出す水茶屋だ。加門はそのうちの一軒で足を止めた。店先に緋毛氈を敷いた長床几が並べられ、山帰りらしい人々が団子を頬張っている。

「いらっしゃいまし、さ、どうぞ」

たすき掛けの娘の声に、加門は腰を下ろした。

歩いて来た広小路を見るが、さすがに男の姿は見えない。

ほっと肩を落として、加門は茶と団子を頼んだ。

背中合わせに、二人の若い侍も茶と団子を頼んでいる。

醤油(しょうゆ)味(あじ)の焼き団子を頬張っていると、うしろから声が伝わって来た。

「なんや、江戸の団子は小っこくて、いまだに馴れんのう」

「ああ、名古屋(なごや)だったら、ふたまわりは大きいだがや」

加門は小さく振り返る。尾張(おわり)から来た藩士らしい。ずっと国許(くにもと)で育って、初めて江戸詰になったのだろう。二人は江戸についてなんのかんのと言い合っている。

「質素倹約は景気が悪くなるばかりだがや」

「ああ、名古屋はそりゃあもう、活気があったからのう」

「ああ、そうじゃ、江戸がこんなにしょぼくれてるとは、思わんかったのう」

隣の床几に座った三人の武士が、じろりと二人を見る。

二人はそれに気づかすに、名古屋の話を続けていた。

「あっちゃこっちゃから人が集まって来て、京よりも賑わっておったがや」

「ああ、倹約をはじめてからわやになったがの」

三人組の一人が立ち上がった。

「貴様ら、御公儀を誹謗する気か」

二人はそれを見上げる。

「そぎゃあな、つもりはないがね」

「ああ、ただ、内輪の話をしていただけやがね」

三人組のもう一人も立ち上がる。

「いいや幕政批判に違いない」

加門はそっと腰を上げて、三人組を横目で見た。質素な身なりはいかにも御家人だ。が、その表情には幕臣の誇りが張り詰めている。三人目の男も立ち上がると、刀に手をかける。

「まあまあ、お武家様」

茶屋の奥から飛び出して来たのは、おかみらしい女だ。

「上野のお山は喧嘩御法度ですよ。刀なんか抜いたら、すぐに山同心が飛んで来ますよ」

そう言って、尾張藩士を立たせる。

「さ、お侍さん達もお帰りなさいまし」

そう促され、憮然として立ち上がった二人に、三人組がふんと鼻息を鳴らした。

「田舎侍が、さっさと尾張の野っ原に帰れ」

尾張藩士も刀を握る。

「なにをこきゃあがる。御三家に向かって無礼千万だわ」

その前におかみが進み出る。

「ああもう、わかりましたから、お引き取りを」

いつの間にか、前を行く人々が足を止めて、この成り行きを見ていた。衆目に気がついて、それぞれの武士が刀から手を離す。

尾張藩士の片割れが、もう一人の袖を引いた。

「ああ、もう行こみゃあ、相手にせんでいいがね」

ふん、と腕を引かれた藩士も睨みを残して歩き出す。

加門は去って行く二人の背中を見つめた。三人組のほうはそれぞれに見合って、目で言葉を交わしている。

二人の藩士が池之端のほうへ歩いて姿が見えなくなると、三人組も歩き出した。

まずいな、あとを追うつもりだ……。加門はそう察して、三人組から離れて、付いて行った。

藩士の二人は不忍池の畔を歩いている。夕暮れのせいで、あたりは黄昏の色に染まりつつある。人気の少ない畔にさしかかったときに、三人組は走り出した。加門も距離を取ったまま、そのあとに付いた。

「待て、田舎侍」

三人組が二人の前に立ちはだかる。

「そのほうらのような田舎者が江戸を誹るなど、無礼にもほどがある」

刀を抜いた相手に、藩士も同じように白刃を光らせる。

「何をこくか、江戸江戸ってえ、威張るのは世を知らないだけだがね」

「そうよ、名古屋の繁栄も知らん、そっちのほうが田舎者じゃ」

刀を構える二人に、三人組も剣を振りかざす。

「なんだと、このっ」

踏み込む男の剣を、藩士が受ける。が、力で押され、藩士はよろめいた。その隙を、もう一人が峰で打ち込む。

「二人がかりとは、卑怯だがや」

藩士がもう一人に斬りかかる。が、斬り返されて、袖が切れ、血が飛んだ。

離れて見ていた加門は、拳を握った。このままではもっとやられる……。と、思うと同時に、加門は飛び出した。

「よせ、三対二では卑怯だぞ」

走りながら、加門は落ちていた木の枝を拾い上げる。

御庭番が町中で騒ぎを起こすのはまずい。自らが襲われれば別だが、これはなんの縁もない刃傷沙汰だ。刀を抜くのはためらわれる。加門は木の枝を前に構えた。

「なにやつ」

三人組の一人が加門に刃を向ける。加門は身を低くして、斜めから振り下ろされる刀を躱した。そのまま、下から相手の胴を枝で突く。

ぐっと呻いて、男は体勢を崩す。

加門は枝を振り上げると、もう一人の男に向き合った。

「手出しいたすな」

そう怒鳴る男の正面で、加門はとんと、地面を蹴って飛び上がった。

上から枝を打ち下ろし、頭頂を一撃する。

呻き声をあげて、男が転がった。

「こやつ」

残った一人が加門の前に立つ。と、そこに声が飛び込んできた。

「なにをしておる」

声は足音を伴い、近づいて来る。

「不埒者（ふらちもの）がおりますぞ、お山で喧嘩をしてますぞ」

その声は四方に聞こえるよう、叫びながらやって来る。周りから、ちらほらと人も集まって来た。

三人組は顔を見合わせて、刀を納めた。踵を返すと、池之端を根津（ねづ）の方角へと走り出した。

加門は枝を捨てると、腕を押さえている藩士に走り寄った。

「大丈夫ですか、見せてください」

袖をまくると、二の腕が斬られて血が流れている。

「どうした」

声が到着した。

「あ、水谷（みずたに）様……」

もう一人の藩士が駆けつけた武士に頭を下げる。二人よりひと回りは上に見えるその武士は、血を流した藩士を見て、さらに声を荒らげた。

「何をしたのだ」

そして、加門を見る。藩士は慌てて、加門の前に立った。

「あ、このお方は助けてくれたんだがね……見知らぬ男達とちょっくら、その、喧嘩になって……」

言い訳をする藩士に、水谷は睨みをきかせた。

「まったく、少し目を離している隙にこのような不始末をしでかすとは、わしの面目を潰す気か」

「はあ、申し訳もありません」

二人はかしこまって、うなだれる。

加門は懐から手拭いを出すと、歯でそれを裂いた。

「お叱りはあとで。この傷を押さえないと、血が止まりません」

傷口に手拭いを巻き、きつく縛る。

その手際に、水谷はほお、と目を見開く。

「かたじけない、わたしは尾張藩の水谷宇左右衛門と申す、この者らは我が配下で、昨年から江戸に来ておるのだ」

手拭いを縛り終わった加門は、改めて水谷に礼をした。

「そうでしたか、わたしはたまたまその場にいたものですから、加勢をしただけです。

三対二で、卑怯だと思ったもので」

　腕を押さえた男は深々と頭を下げた。

「かたじけない、礼を申す」

　水谷も頷く。

「御名をお聞かせくだされ、どちらの御家臣か」

　ああ、いや、とためらいつつ、加門は姿勢を正した。

「わたしは宮地加門といいます。医術を学んでいる部屋住みです」

「ほお、医術を……それゆえにこのようなみごとな手際なのですな、いや、助かりました」

「はい」ともう一人の藩士が肩をすくめる。

「腕も立つお方で、相手二人をたちどころにやっつけただがね」

「そうであったか、いや、改めて礼をせねばならんの」

　水谷の言葉に、加門は手を振る。

「いえ、とんでもない、礼などには及びません」

　加門は後ずさりをした。

「わたしはこれで失礼をします、お大事に」

そう言って、頭を下げると、踵を返した。

「あ、お待ちを……」

と、追う声を聞きながら、加門は小走りに町へと紛(まぎ)れていった。

三

大伝馬町(おおでんまちょう)の医学所に、阿部将翁の声が響き渡る。いつもながら、老年とは思えない張りのある声に、加門は耳を傾けていた。

「何度も言うておるが、命のあるものには、なんにでも気がある。人にも気があって、それを元気という。気は満ちて、流れておるのが理想じゃ。じゃが、さまざまな害でそれが損(そこ)なわれるんじゃ。まず、外邪(がいじゃ)については以前に教えたな」

将翁は弟子達を見まわす。

「風や暑さ、寒さ、乾燥、湿気などが過度となれば、外邪となって元気を損なう。それに食べ物も邪となり得る。古い物、腐った物などはいかん。それにしょっぱすぎる物や、甘すぎる物、辛すぎる物なども害となる。旬(しゅん)の物、身近で獲(と)れた物を食するのがいいんじゃ」

「先生」一人が手を上げる。

「魚の干物はどうでしょう。新しくはないし、しょっぱい物ですが」

将翁はそちらに向いて、

「ふむ、確かにしょっぱすぎるのはよくない。だが、干物は太陽の気を浴びているので腐りにくい。そら、野菜も干せば腐らなくなるであろう。水気を飛ばすのが肝要でな、水気が多いと傷みやすくなるんじゃ」

「では、干物は食べても害とはならないのですね」

「うむ、食べ過ぎなければよい。ただ、魚には塩を振っておるであろう、塩にも傷みにくくする効果があるが、塩の取りすぎは害となる。干物が好きか」

「はい、鰯（いわし）や鯵（あじ）の干物を毎日食べています」

回りからおさえた笑い声が起きる。

将翁は咳払いをして、顔を正面に戻した。

「外からの害もあるが、人には内から生じる害もある。それが七情（しちじょう）じゃ。前にも教えたな、誰か言うてみよ」

「はい」と、医者の息子である作田勘介（さくたかんすけ）が手を上げた。

「七情とは喜び、怒り、憂（うれ）い、思い煩（わずら）い、悲しみ、恐れ、驚愕（きょうがく）です。前漢（ぜんかん）時代に編まれた『黄帝内経』に記されています」

「うむ、よろしい。七情は人の心で日々、生まれるものじゃ。が、それが過ぎれば邪となり、気を害する。憂いが強すぎれば気鬱にもなる。人との関わりは特に気を乱すものじゃ」

「先生」住み込みの弟子である豊吉が顔を上げた。

「では、人とは交わらないほうがいいんでしょうか」

周囲から笑いが洩れる。が、将翁は真面目な顔になった。

「それは難しい問いじゃ。なぜなら、人との交わりは喜びも生むし、慈愛も生じさせる。よいことも多いのはわかるであろう」

「はい、いやな人もいますが、いい人もいます」

皆が黙り込む。

「そうじゃ、第一、人と交わらずに生きることはできん。島で一人暮らしでもすれば別じゃがな。ゆえに、人との関わりは避けられん。じゃが、そこにまた難しい問題がある。人との関わりを苦とするか楽とするか、人それぞれによって違うからじゃ。たとえば、そうじゃな、二十人ほどの人がいるとしよう」

皆がちらちらと周囲を見まわす。この場にいる弟子の数がちょうどそのくらいだ。

「二十人のうちの何人を苦とするか、それはそれぞれによって違う」

「はい」と、豊吉が手を上げた。

将翁はそれを遮る。

「ああ、言わんでよい」

皆がどっと笑う。

将翁はゆっくりと歩き出した。

「二十人のうちの十九人を苦にする者もある。苦になるのはほんの数人、という者もあるであろう。それとは逆に、誰も大して苦にならないという者もあるかもしれん。人と交わるのが好きな者もおるからな。どうじゃ、それぞれに違うであろう」

皆はそっと目で周囲を窺う。

加門も思わず隣の正吾を見た。正吾はこちらを見て、にっと笑う。と、その目を何人かに向けて顔をしかめると、加門にささやいた。

「本当だな、わたしは六人はだめだな」

ぷっと吹き出しそうになるが、加門はそれを呑み込んだ。自分でも思わず数えそうになったが、それもやはり抑え込んだ。苦であることを改めて思えば、ますます苦が強まりそうだからだ。

阿部将翁はひと回りして、前に戻った。

「己を知ることが大事じゃ。人との交わりが苦手な者は無理をすることはない。人と同じようにせんでよい。無理をして害となれば、気を損なうことになるからな」

将翁は弟子達を見渡す。

「元気を損なえば、気が留滞（りゅうたい）する。気の流れが滞（とどこお）れば、それが病を生じさせるんじゃや。後藤艮山（ごとうこんざん）先生はそれを一気留滞説として唱えられた。気を損なえば、元気がなくなる、というのはわかりやすい話であろう」

「先生」旗本の三男坊である八木松之丞（やぎまつのじょう）が手を上げた。

「気が損なわれたさいには、どのように対処すべしと、後藤艮山先生は言われておられるのでしょうか」

「うむ、それはいろいろじゃ。薬を用いるのはもちろんじゃが、艮山先生は薬の使いすぎはかえって害になるとも言うておられた。あとは食（しょく）でよい物を摂（と）ることも勧めておられる。灸（きゅう）もよいし、温泉もよいと教えられた」

「温泉ですか」

どこからか、つぶやきのような問いが洩れる。

「そうじゃ、温泉は大地の気をふんだんに含んでおるゆえ、順気（じゅんき）つまりよい気をもたらしてくれるのじゃ」

へえ、とあちらこちらから声が上がる。

「まあ、急ぐでない。良山先生の治療法に関しては、この先、ゆっくりと教えていくでな」

将翁の微笑みに、正吾が手を上げた。

「先生、後藤良山先生は、医者の姿を変えたというのは本当ですか。以前は、医者は皆、僧形だったと聞いたことがあります」

その言葉に、え、と加門は改めて将翁の姿を見た。将翁は薄く白い髪を束髪にしているし、着物に袴という普通の姿だ。

「そうじゃ、昔は医者は皆、頭を剃って、僧侶の衣を着ておった。坊主が医者を兼ねておったのでな。今でも、僧形の医者は多いであろう。まともに医術を学ばずに医者を名乗る者は、必ず僧形をとる。それらしく見せるためにじゃ」

医者に資格はいらない。身分も問われないために、医者と名乗れば、その日から医者になれる。ために修業を積んでない者ほど、形を整えるのが常だった。

「じゃが」将翁は胸を張る。

「良山先生はそれを改められた。医術を行う者がわざわざ僧形となる必要はない、常の姿でよいのだ、とおっしゃられてな、自ら実践されたのだ。それに、弟子はもちろん、多くの医者が倣ったということよ。わしが長崎から江戸に来たときには、すでに多くの医者が平服であったからの、こっちも坊主にならずにすんだということじゃ」

かっかと笑う。それにつられて皆にも笑いが広がった。

「よかったな」

「ああ、頭は剃りたくない」

「墨染めも辛気くさいぞ」

弟子達が頷き合う。

「さて」将翁が手を打つ。

「今日の講義はここまでじゃ。午後は薬園の手入れをする。手の空いている者は手伝ってくれ」

「はい」

いくつもの返事が生まれた。

将翁の医学所は、町屋の住居をそのまま使っているものだ。広めであるから、暮らし向きの一角もあるし、患者を診る部屋もある。そして、裏が庭になっており、薬草が植えられている。

　照りつける陽射しのなか、加門はしゃがんで要らない草を抜く。

　隅の木の上では、伸びすぎた枝を払っている者もいる。

　薬草を摘んでいる者には、将翁が声を上げた。

「粗雑に扱ってはならん。もっと丁寧に葉を摘むのだ」

　誰もが汗を拭いながら、作業を続けた。

　ひとしきり終わると、それぞれがほっと息を吐いた。

　将翁は水を配り、饅頭を盛った盆を置いた。

「うむ、御苦労であった。夏の間は草の伸びが早いからの、毎日になるが頼むぞ」

　はい、と声がばらばらと続く。皆、それぞれに水を飲み、饅頭を頬張ると、一人二人と帰って行った。

　皆がいなくなったあと、加門は一人その場に残っていた。

「先生」

「ああ、なんじゃ」

　縁側に腰を下ろして、将翁はその隣を加門に示した。

　加門は横に座ると、小声で問う。

「お訊きしたいことがあります。その……麻痺があるかどうか、赤子でもわかるのでしょうか」

ふむ、と将翁は横目で見る。

「西の丸の若君のことか」

将翁は加門が御庭番であることは知らない。が、公儀からなんらかの役を受けて、この医学所に通っていることは察している。

「清国(しんこく)にいた頃に、生まれてすぐの赤子に麻痺があるのを見たことがある。赤子でもわかる者はわかるな」

「そうですか……見た目にはわからないようなんですが。しかし、まだしゃべれないうちは、はっきりとは判断できませんよね」

「うむ、それはそうじゃ。特に発語に関するものならば、しゃべるようにならねば、見極めることはできん。じゃが、前にも言ったが、親から子に伝わるものではない、そう案ずることもあるまいて。それに……」

はい、と加門は首をかしげる。

「大きな声で泣くようであれば、大丈夫じゃ」

「大きな声で……そうですか、それは訊いてみます」加門の気が少し、軽くなる。

「あの、それと、母君のほうなんですが、お乳の出をよくするためには、何をすればよいのでしょうか」

「乳か、それならば簡単じゃ、それ、あそこのはこべを摘むがよい」

「はこべですか」

加門が立ち上がりながら尋ねると、将翁は庭の奥を指差して頷いた。

「そうじゃ、はこべを陰干しして煎(せん)じるのじゃ。この天気なら、四、五日も干せばよかろう。それとそら、あっちのたんぽぽもじゃ。たんぽぽの根を深く掘って、抜くがいい。はこべといっしょに煎じれば、効くぞ」

はい、と加門は隅にしゃがんで、白い花を付けたはこべを摘む。

「たくさん採るのじゃぞ、干せば小さくなるからな」

「はい」

加門は続いてたんぽぽの根も掘り、ざるにいっぱいにして将翁に見せる。

「これをどのくらいの量、服(の)めばいいのでしょう」

「ふうむ、それは服むお人にもよるの。身体つきや顔色、声音(こわね)などがわかれば判断もつきやすいが」

「身体つき……」

加門はお幸の方の姿を思い起こした。

お幸の方には一度、対面したことがある。小菅で療養中だった家重から書状を託され、西の丸に訪ねて行ったときだ。

そのとき、兄の留守をいいことに、堂々と振る舞っていた宗武、宗尹の兄弟と、加門は遭遇した。加門が素性を問われてうろたえていたときに、現れたのが懐妊中のお幸の方だった。毅然とした態度で大きな声を張り上げ、弟二人を牽制し、加門を窮地から救ってくれたのだ。もっとも、それは家重への思いであり、廃嫡を平気で口にする弟達への怒りであったに違いない。加門はそのときのお幸の様子を思い出しながら、口を開いた。

「そうですね、母上様は体つきがしっかりしており、顔色もよく、声も高く張りがあります。お気も強い方です」

「ほう、心身共に充実しておられるようだな」将翁は右手を出して下に向けて開いた。

「ならば、こう大きくひとつかみした分を煎じればよい。それを午前と午後、食事の合間に服むんじゃ。弱いお人なら量を減らす。強いお人であれば、もう少し量を増やしても大丈夫じゃ」

「はい、わかりました、ありがとうございます」

加門が頭を下げると、それを見つめて、将翁はふと息をもらした。

「しかし、そなた、御側室にも見えたことがあるのか。なんとも重い役目を負うておるようじゃの」

あ、と加門は口を押さえる。将翁は苦笑して首を振った。

「ああ、よいよい、口外したりはせぬ」

将翁はゆっくりと立ち上がる。と、空を見上げてつぶやいた。

「どういう役目を負うか、それは人それぞれの業じゃ。業は捨ててはいかん。負うたからには全うするしかないんじゃ」

くるりと背を向けて、部屋の奥へと入って行く。

加門はその背中を見送った。

四

西の丸の玄関で、加門は胸の包みを抱え直した。中には干したはこべとたんぽぽの根が入っている。

その目の前に意次がやって来た。

「おう、加門、上がれ」

「いや、これを渡しに来ただけなのだ」

包みを差し出す手を押し返して、意次が言う。

「いや、大納言様がお呼びなのだ。そなたが来たら通すようにと、言われておる」

大納言とは家重のことだ。家重は従二位権大納言に叙せられている。公に呼ぶときには、皆、大納言様と呼ぶ。

「中奥だ、さ」

意次に誘われて、加門はそのあとに続いた。

さほど広くはない、いかにも居室といった部屋で、家重は脇息にもたれていた。

加門は挨拶をすると、手にしていた包みを家重の前に置いた。

「お乳の出を促す薬草でございます。これを煎じ……」

将翁に教えられた服用のしかたを説明する。

「お幸、を、これ、へ」

家重の言葉に小姓が出て行き、すぐにお幸と赤子を抱いた奥女中がやって来た。

意次が薬草のことを伝えると、お幸は口元を弛めて頷いた。

「さようであるか、では、さっそく試してみよう」

加門は己でも気づかぬうちに、その姿をまじまじと見つめていた。

「これ、無礼であろう」

側近の大岡忠光の声が飛ぶ。

「あ、これは失礼を……つい、望診をしてしまいました」

かしこまる加門に、家重が眉を寄せる。

「ぼう、しん、とは」

「あ、はい、望に診……」加門は宙に指で文字を書きながら、慌てて説明をする。

「診断を行うさいに、お身体の御ようすや動作、お顔の色などを見て、判断するのです」

小菅御殿を訪れた折に、加門はこっそりと家重の望診をしたこともある。そのときに口元の強ばりに気づいたものの、ほかは壮健と感じていた。

「ああ、わかりました」意次が助け船を出す。

「奥医師もよくやっておる、あれでございましょう。瞼をひっくり返したり、舌まで出させたりいたしますし」

うむ、と家重も頷く。

「して、お幸、はどう、か」

はい、と加門は改めてお幸の方を見た。

「動作はきびきびしておいでですし、お顔の色も張り艶もよいとお見受けいたします。お声も伸びやかに通りますので、気が充実しておいでと思われます」

「おや、そう」

お幸はうれしそうに微笑んで、女中から赤子を受け取る。家重はその子に目を向けて、加門に問うた。

「なれば、吾子は、どう、か」

加門は「はっ」とお幸に抱かれた竹千代に顔を向ける。

加門が来たら呼べ、と意次に言っていたのは、それを問いたかったからに違いない、と内心で覚った。

「よい、近う寄れ」

お幸の言葉に、加門は膝行する。

薄い絹にくるまれた若君は、黒目をくるくると動かして、近づいた加門を見た。顔も手も赤い。

なるほど、だから赤子というのか……。加門は改めて実感しながら、竹千代の笑みを浮かべたような口元を見た。強ばりはない。

加門は顔を上げて家重とお幸を順に見た。

「お健やかとお見受けいたします」

その言葉に、家重とお幸は顔を見合わせる。おそらく見えた人のすべてが、そう言っているのだろう。世辞など要らぬ、と家重の目は語っていた。

加門は姿勢を正すと、二人に問いかけた。

「竹千代様は大きなお声でお泣きになりますか」

「うむ」家重が頷くとお幸も、

「ええ、それはもう、大きな声で泣きます。離れていてもすぐにわかるほどに」

と、夫婦で頷き合う。

「なれば、安心でございます。わが医術の師がそのように申しておりました」

加門は力を込めて言った。

「そう、か」

家重の面持ちが明るくなる。

「まあ、なればよかったこと」

お幸も赤子をほおずりして微笑む。

「ようございました」

忠光と意次の声も揃った。

家重は意次を見る。その目が問うていることを察して、意次はかしこまった。

「いま一つの件につきましては、まだ伝えておりませんので、近々に、申し伝えます」

うむ、と家重が頷く。

意次は加門に目顔で「家に行くからな」と語り、加門もそれに頷いた。

第二章　藩主の乱

一

神田の須田町（すだちょう）。

医学所から戻って来て、加門は畳の上に手足を投げ出した。

暑いなか、薬園の手入れをして来たために、さすがに疲れを感じる。が、はっとその上体を起こした。戸口に人の気配を感じたためだ。

開け放した戸口から、男が覗いている。

「加門さん、いやすか」

「ああ、河童（かっぱ）さんでしたか」

加門は戸口へと出迎えた。

河童はひょんなことで知り合った、近所の大工一家の一人だ。

「こいつ、食べませんか」

上がり框に腰を下ろしながら差し出したざるには、きゅうりが盛られている。河童はきゅうり好きなためについたあだ名だ。

「これはありがたい、わたしもきゅうりは好物です」

加門はざるを受け取りながら、河童の手に目を留めた。加門が医学所に通っていることを知る大工らは、なにかあると訪ねて来る。

「その指、どうかしたんですか」

左の親指が赤く腫れている。

「へい、実はこれで来たんでさ。一昨日、木を削っているときに棘が刺さっちまって、抜けねえもんで放っておいたら、ずきずきしてきやがったんで」

加門はその手を取って、目の前に近づけた。赤く腫れている親指の爪の横に、棘が入っているのが見える。

「ああ、これは切ったほうがいいですね」

「へ、切るんですかい」

「ええ、膿んでしまっていますから、切って棘と膿を出さないと治りませんよ。さ、上がってください」

河童を上げると、加門は木箱を出して、蓋を開けた。中には大小さまざまな小刀が並んでいる。小さな小刀を取って、その刃先を酒に浸した。加門が手を取ると、河童はうしろに腰を引いた。

「へっ、それでやるんですかい、指を、ほんとに」

「はい、ちょっと痛いけど、我慢してください。なに、一度切ってしまえば、あとは楽になります」

うしろに下がってゆく河童の手をぐいと引き寄せる。

刃先を近づけると、河童は「うひゃあ」と言って顔をそむけた。

下に晒しの布を置いて、刃先を入れる。

「うわあ、いてえ」

河童の声に怯むことなく、加門は小刀を動かす。ぽたぽたと血が落ち、黄色い膿も混じった。小刀の先をくいとひねると、加門は、

「ほら、取れました」

と、棘を掲げた。

おそるおそる顔を向ける河童に、加門は笑顔で棘を差し出す。

「さ、これでもう大丈夫ですよ。傷口に薬草を当てておきますから、二日は晒しを取らないでください」

加門は刻んだ薬草を傷口に当てる。その上から、細く切った晒しを巻いていく。河童も顔を近づけてそれを見る。指をあいだに二人が顔を寄せていた。

「うほん」

と、戸口から声が上がった。加門が横目で捉えると、声の主は意次だった。

「ああ、来たのか、ちょっと待ってくれ」

そう言う加門に、意次はおずおずと問う。

「邪魔、か」

晒しを巻き終わって、加門はそちらに顔を向けた。

「いや、ちょうど終わったところだ、上がってくれ」

河童は、

「そいじゃ、あっしはこれで。いやぁ、いてえけど助かりやした」

礼をして、土間に下りる。意次はそれとすれ違いに、入って来た。

わらじを履(は)いた河童は、

「おや、もう一人お客さんですぜ」

外へと足を踏み出して、振り向いた。

「え、誰だろう」

加門が立とうとすると、河童は「あー」という声を上げた。

「いや、違ったみてえでさ、行っちまいやした」

そいじゃ、と河童は出て行く。

意次はその背を見送ると、戸口を閉めて部屋へと上がり込んだ。

「暑いが閉めたぞ、今のは誰だ」

「ああ、近所の大工なんだ、けがや病で困ると、やって来るんだ」

加門も応えながら、窓を閉める。人に聞かれてはまずい話であろう、と察しが付いていた。

意次は懐から包みを出すと、それを広げた。中には真っ白な饅頭が並んでいる。

「さる大名家から西の丸への献上品だ。うまいぞ」

「おう、いかにもだな」

加門は水を汲(く)んだ茶碗を出しながら、饅頭を手にした。柔らかな皮にかぶりつくと、甘いあんこが口中(こうちゅう)に広がった。

「うん、うまい」

意次も口を動かしながら「なっ」と頷く。

「で、どういう話なのだ」

咀嚼を終えた加門の問いに、意次は身を乗り出す。

「尾張藩主の徳川宗春様のことは知っておろう」

「ああ、五年前の上屋敷にも行ったぞ」

「おお、あれに行ったのか」

「うむ、御三家の上屋敷に堂々と入れることなどないからな、見ておこうと父上に誘われて行ったのだ」

「そうか、御庭番としては、よい機会ということだな」

「うむ」

享保十七年五月五日、宗春は火事で消失した上屋敷を再建したのを機に、息子の端午の節句を大々的に催した。そのさい、町方に屋敷を開放し、誰彼問わずに招き入れたのだ。

屋敷の内には菖蒲の花とともに、数々の甲冑や兜が所狭しと並べられ、そのなかには代々伝わる幟旗もあった。初代藩主の徳川義直が父の家康から拝領した幟旗だ。

訪れた人々は滅多に見られない物を前に大喜びし、瞬く間にその噂は広がった。質素倹約令のせいで娯楽が抑えられ、くさくさしていた江戸の町衆は、我も我もと押しかけたのだ。

「すごい人出だったぞ。面白かったな」

「そうか、わたしも行けばよかった……ああ、いや、それでだな、そのあとのことだ。そら、宗春様の書かれた本が発行禁止になったであろう」

「ああ、『温知政要（おんちせいよう）』だな」

　宗春は藩政の指標となる考えを、一冊の本に著（あらわ）した。それが『温知政要』だ。自ら刷ったためにお手刷り本とも呼ばれたその本は、正月に重臣達に配られた。が、手刷りであるために冊数はわずかしかない。そのため、書き写した本が出回ることになった。内容に感銘を受けた人々が、より多くの人に読んでもらおうと写すことを許し、次から次へと書写本が作られたのだ。それによって、尾張藩以外の人々にも、知られるようになっていた。

　もとより宗春は『温知政要』をより多くの人に配るために、出版することを決めていた。京の版元に託し、多数の造本を依頼していたのである。

　意次が、

「そなた、あの本は読んだか」

と問うと、加門は首を振った。

「いいや、見る機会もなかったな。そなたは読んだのか」

「いや、わたしも読んでおらぬ。上様や松平乗邑様ら、上の方々は読まれたらしい。で、激怒なさったということだ」

「ふうむ、その噂は本当だったのか」

「ああ、それで燃やしてしまったという噂もある」

意次は言いながら、もう一つの饅頭を手に取ると、加門に渡した。

「それでだな、その本を手に入れたいのだ」

「それが家重様の御下命か」

受け取った饅頭をかじりながら加門が問うと、意次が頷いた。

「そうなのだ。家重様も読んではおられぬのだ。前々から気にかかってはおられたようなのだがな……そら、あのお方、老中首座の松平様が勝手掛に任じられたであろう、それでよけいに、気になられたようなのだ」

「ふむ、首座様はこれまでも幕政を仕切ってこられたが、ますます力が高まったわけだからな。質素倹約令をさらに推し進めるであろうな」

「そう思うであろう。そのことに家重様は御懸念をお持ちなのだ。質素倹約が果たして正しいことなのかどうか……倹約令が厳しくなってから、あちこちで心中が増えたし、一揆や打ち壊しまで起きている。おまけに四年前に首座様のお屋敷が火事で焼けたであろう。実は、あれは公儀に怨みを持つ者の仕業ではないか、という噂も流れたのだ」

江戸城西の丸下にある松平乗邑の屋敷は、享保十八年に出火し、全焼した。

「そんな噂があったのか」

「うむ。真相はわからんがな。もしそうだとしたら、施政を任せておいてよいのか、と家重様はお感じになられたらしい。首座様に対しては廃嫡がらみの私憤はあるにせよ、それとは別に、そのやり方に疑念をお持ちなのだ」

ううむ、と加門は口を曲げる。

「なるほど、だから御公儀と反目する宗春様の考えをお知りになりたいのだな」

「そうだ、宗春様は藩主になられてからずっと、御公儀の方針とは反対の施政を行っておられるからな」

「しかし」と、加門は聞いた話を思い出していた。

「上様は宗春様をかわいがっておられたと聞いたことがあるぞ。宗の一文字をお与えになって、宗春という名に改めたという……」

「ああ、それは本当らしい。宗春様はもとは通春というお名でな、上様よりひとまわり年下で、かわいがられたそうだ。宗春様は学問好きで家康公を尊崇しておられるらしいから、その点も買われたのだろう。上様は通春様を梁川藩（福島県伊達市）の藩主に据えられたのだ」

「ほう、そうだったのか」

「ああ、通春様は尾張徳川家の二十番目の末子であられるそうだ。それで、同じ部屋住みであった境遇から、上様はとくに親しみを感じられたのかもしれんがな」

「二十番目……それはすごいな」

目を円くする加門に、意次も笑う。

「うむ、が、その後、尾張藩を継がれていた兄上方が亡くなられてな、通春様が尾張藩主になられたわけだ」

「へえ、上様と似た境遇だな」

「そうであろう。だからますます親しみが深まったのではないかと思うぞ。藩主を継いでから、宗の字を下されて、宗春という名に改められた、というわけだ」

ふうむ、と加門は首をかしげる。

「それがなにゆえに、反目し合うようになったのだ」

「まあ、宗春様は国許で質素倹約とは逆の方針をとっておられたからな。しかし、わたしもくわしいことはわかんらん。大岡様に訊いてみようと思っているがな」

　家重側近の大岡忠光は、十三年前に小姓として城に上がり、ずっと仕えている。意次はすでに父を失っているため、昔のことを尋ねるときには忠光が頼りだ。

　加門も胸の内で、父に訊いてみようと、考えていた。

「そうか、我らの知らぬ確執があるのかもしれんな。そのあげくに端午の節句に上屋敷を開け放った……『温知政要』の発禁処分はそのあとか」

「そうだ、端午の節句のあと、上様は宗春様に対して、お咎(とが)め状を送ったという話だ。まあ、宗春様はそれに誠実に応えて、お二人は和解されたというのだがな。しかし、その後、五月下旬に京都町奉行所が動いて、本の出版を差し止めたのだ」

「ふうむ、ということは、本の差し止め処分は、上様の御指示ではないかもしれないのだな」

「ああ、御公儀による宗春様への抑止、牽制だとも考えられる。版元が京であったから、禁止処分を出したのは京都町奉行所だが、その命(めい)、実は江戸から下されたのではないか、とわたしは踏んでいるのだ」

「ふむ、そうだろうな」加門は腕を組んだ。

「話はわかった。が、その本は市中にはないのか」

「ああ、ない。家重様の御意向を受けて、こちらでも探したのだが、禁書のような扱いになってしまったのでな、どこにも置いてないのだ。皆、怖れを感じて手放してしまったのだろう。実際、御公儀の手の者が、こっそりと回収もしたようなのだ。それゆえに、持っているのは尾張藩士くらいだろうと、わたしは思う」

「尾張藩士か」

そう言って、加門は「あっ」を腰を浮かせた。

「どうした」

驚く意次の顔を見て、加門は口を開けて、腰をすとんと落とす。

「しまった、どこの屋敷にいるのか聞いておけばよかった」

「だから、なんなのだ」

眉を寄せる意次に、

「いや、実はこのあいだ上野で……」

と、尾張藩士と関わったことを話す。

「ほう、それは好都合ではないか」

頬を弛める意次に、加門も頷く。

「ああ、そうだな、探せばいい話だ。よし、さっそく動くぞ」

「うむ、頼んだぞ」

意次が笑顔になって、三つ目の饅頭を差し出した。

二

加門は麴町の坂を上った。

行く手に尾張藩中屋敷が見えてくる。

水谷宇左右衛門、という名を、加門は口中でつぶやいていた。上野の不忍池で出会った尾張藩士の名だ。

喧嘩になった若い藩士は、昨年江戸に出て来たばかりだと言っていた。水谷はその上役である。言葉は江戸弁であったから、江戸藩邸で生まれたのかもしれない。しかし、若侍も水谷もそれほど高い身分とは思われない。身につけていたものも、ふるまいも、けっして重々しくはなかった。

中屋敷、あるいは下屋敷にいるのではないか、というのが加門の判断だった。どちらにしても、直に訪ねるのが手っ取り早い。そして、訪ねるのなら、警護の厳しい上屋敷よりも、中屋敷や下屋敷のほうが訊きやすい。向こうもそれほど警戒はしないはずだ。

中屋敷の門へと近づいていく。

門番はこちらを見ている。加門は神妙な顔に微かな笑みを作って、その前に立った。

「わたしは宮地加門と申す者。水谷宇左右衛門殿を訪ねて参ったのですが」

みずたに、と門番の口が動く。

「しばし、待たれよ」

脇戸から中へと入って行くのを見て、加門は「よし、当たりだ」と拳を握った。

間を置いて、その戸からあのときの男が現れた。

「やや、これは宮地殿……」

にこやかに笑って、宇左右衛門は出て来る。

「これはよかった、礼をせねばと気にかかっておったのだ」

「いや、礼をせびりに来たわけではないのです」

そのやりとりを見て、門番は安心したようにまた定位置に戻る。

加門は声を落として、宇左右衛門に言った。

「実は、少し、お尋ねしたいことがありまして」

ほう、と宇左右衛門は上背のある加門を見上げる。

「そうですか、まあ、とにかく中へお入りください。ゆっくりと話を聞きましょう」

手で招かれて、加門は門をくぐる。

宇左右衛門は、門から続く長屋へと加門を誘った。

「ささ、狭いところですが、お上がりください。ちょうどお役目がすんだところですから、ゆっくりと」

「はい、では……」

加門が正座をすると、宇左右衛門はその前に盆を置いて首を振った。

「いやいや、楽になされ」

そう言って盃を差し出す。盆の上にあるのは酒の入った地炉利だ。とまどいつつも、加門は盃を受け取った。酒は気心の知れない者同士を、打ち解けやすくする妙薬だ。

宇左右衛門は加門に酒を注ぐと、己の盃にも注ぐ。

「ささ、せめてものお礼です、やってください」

眼を細めて盃を掲げると、待ちきれないように口に付けた。

「はい、では」

と、加門も盃を傾ける。

ふう、と宇左右衛門は眼を細めると、手酌で己の盃に注ぎ足した。よほどの酒好きと見える。

「いや、仕事が終わったあとの酒は甘露です」

言い訳のように笑いながら、加門の盃にも注ぐ。

「おいしい酒ですね」

加門も愛想を言いながら、笑った。酒には強い。御庭番は酒に酔ってはいけないと教えられ、子供の頃から酒を飲まされたためだ。ために、酔わずに飲み続けることができるし、酔ったふりも得意だ。

「して、尋ねたきこととは、いかようなことか」

宇左右衛門の問いに、加門は気楽なふうを装って口を開く。

「はい、『温知政要』を読みたいのですが、お持ちではないかと思いまして」

宇左右衛門の頬が固くなった。

「『温知政要』とは、なぜにまた……」

加門は酒を含みながら笑みを作る。

「はい、実によい書だと聞きましたので。医者は医術書ばかりでなく、広く多くの書を読まねばならない、というのが我が師の教えなのです」

　ほう、と宇左右衛門は表情をやわらげる。

「それはよき教えだ。しかし、『温知政要』は殿がお手刷りで作られたものでな、もともと冊数が少ないのだ。今は、ない」

　言いつつ微かに引きつった口元を見て、「嘘だな」と加門は読み取った。顔を読むのは御庭番の特技だ。

「そうですか。お殿様の教えが素晴らしいために、多くの書写本も作られたと聞きました。しかし、見つけることができなかったもので、藩士の方ならお持ちではないかと、水谷様のことを思い出したのですが」

　ううむ、と宇左右衛門は複雑な顔になる。藩主をほめられたのはうれしい。が、本の扱いには難しい問題がある、とその顔は語っている。

　加門は宇左右衛門の杯に酒を注ぐ。自分も、さも酔いが回ってきたかのように、瞼を弛めて、身体を揺らした。宇左右衛門もつられたように、上体を揺らす。

「ううむ、まあ、すばらしいのは確かなのだ」

「お読みになったんですね」

「それは、藩士であるからな、読んでおるのは当然のこと」

「へえ、うらやましいなぁ」

加門は眼を細めて見る。宇左右衛門はちょっと得意げになって、

「うむ、よい教えであるぞ」

と胸を張った。

さ、と加門はさらに酒を注ぐ。宇左右衛門は赤味の差した顔をほころばせた。

「我が殿のことを知っておられるか。慈悲深く、民を第一と考えてくださるお方でな、心中者さえ、お助けになった」

「へえ、心中者ですか、御公儀のお達しでは、心中者はさらして、生き残った者は死罪、あるいは非人身分に落とす、とされてますよね」

ああ、と宇左右衛門は声をひそめる。

「であるから、これは内密の話であるぞ」

「はい、心得ております」

素直に頷く加門に、宇左右衛門も頷き返す。

「うむ、表向きはな、尾張とてそのようにお触れを出しておるのだ。だがな、殿の御処分は違った。名古屋で心中を図った者がおって、幸い二人ともに助かったのだ。したら、殿は死罪などにせず、こっそりと逃がすように命じられてな、生き延びたのよ。身分もそのままで夫婦となって、子を産んで幸せに暮らしておると聞いている」

ほう、と加門は目を見開く。

「それはなんとも慈悲深い御沙汰ですね」

うむ、と宇左右衛門は頷く。

「それにだな、殿は死罪そのものをお取りやめになられたのだ。人の命は一度奪ってしまえば二度と元には戻らぬ、というお考えでな、重い科人も入牢させるにとどめたのよ」

「へえ……」加門は感心を表しつつも、感じた問いを口にした。

「ですが、そうなると、牢屋がいっぱいになりませんか」

ぐっと詰まったものの、宇左右衛門は気を取り直したようにまた胸を張る。

「確かに、そういうことになった。牢屋に科人が溢れて問題になってな、死罪の行使を言い出す者もあったらしい。だが、殿はそれには応じられなかったのだ。なれば、牢の人数を減らせと、仰せられた。罪の軽い者の幾人かを、髪と眉を半分剃って、追放とされたのだ」

へえ、と加門は本心から感心しつつ、身を乗り出した。

「お殿様は本当に慈悲深いのですね。ますます『温知政要』が読みたくなりました。どなたか、お持ちの方はいないのですか」

ううむ、と宇左右衛門は口を曲げる。見せたい、という気持ちがそこから見て取れた。ここぞ、と加門は首を突き出した。

「そのようなお方が書かれた書物ならば、さぞかし意義深い教えが説かれているのでしょう。もったいないことですね」

宇左右衛門の首も伸びる。

「さよう。実にもったいないのだ。京都町奉行所がなにゆえに、出版を止めたか……我らはくやしくてならぬ」

宇左右衛門が盃を手に取ると、

「まったくですね」

と、加門は酒を注いだ。

ふう、と息を吐いて、宇左右衛門は上目になった。

「実は、だな……」

きた、と加門は胸の内でつぶやいた。人は秘めていたことを白状するとき、なぜか上目になるのだ。

「あるのだ」

言葉とともに酒臭い息を吐き出す。

「あるとは、『温知政要』がですか」

加門の問いに、宇左衛門はふと我に返ったように、真顔になった。

「ああ、いや、いかん」そう言って、身を仰(のぞ)け反らす。

「あってもいかんのだ。貸すわけにはいかない」

そう言って首を振る。

あるのか、それなら、なんとかなる……。加門はそう腹の底で考えを巡らせた。急いではいけない。事は慎重に運んだほうがいい……。

「いや、わかりました。お話が聞けただけでもためになりました。宗春様はよき藩主であられるのですね。名古屋はずいぶんと繁栄していると聞いています」

おう、と宇左衛門の眼が細くなる。

「真(まこと)、そのとおり、よき殿のおかげで、名古屋は京よりもきらめいておる。質素倹約を言い立てる江戸の者らに見せてやりたいものよ」

「わたしも行ってみたいものです。名古屋は飯もうまいといいますし、食べてみたいもの……」

加門も眼を細めて見せて、それをあわてて元に戻すと、

「ああ、いや、すっかりお邪魔してしまいました」

酔ってふらついたふうを装いながら、立ち上がった。

「おお、それならば……」宇左右衛門も立つ。

「名古屋の物が食べられる店がありますぞ。尾張から来た者が築地の南小田原町に店を出してな、藩士はしょっちゅう行っておるのだ」

「へえ、なんという店ですか」

「尾張屋だ」

わかりやすいな、と加門は微笑みつつ、

「尾張から来る人は多いのですか」

と問うた。宇左右衛門は、

「うむ、最近、増えてきているのだ。名古屋もいろいろとあってな、住みにくくなりつつある。しかたなく江戸にやって来るというわけだ」

そう顔をしかめる。

いろいろとはなんだ……。加門はそれも気にかかったが、そっと呑み込んだ。

三

布団の中で、加門はふと目を開けた。

まだ夜の闇は深い。寝付いてから一刻（二時間）も経っていないはずだ。

気を張り巡らせ、耳をそばだてる。木のきしむ音が聞こえる。

加門はそっと腕を出し、枕元の小刀を布団の中に引き入れた。

戸の外れる音が響いた。

裏だ……。

裏の戸を外したに違いない。

息をひそめて、加門はじっと気配を窺う。足音が家の中へと入って来たのがわかった。忍びのように音を消すことはできていない。が、大きな足音を立てるわけでもない。隠密並みの修業を積んだわけではないが、武術の心得はある、という男の足さばきだ。

また刺客か……と、心中でつぶやく。しかし、誰の配下か。先に付けてきた者は、確かに撒いたはず……。そう訝りつつ、目で辺りを探る。

目が闇に馴れて、周囲が見えてきている。特に今日は半月に近い。開けたままにしていた窓の格子から、月明かりが差し込んでいる。

足音が近づいて来た。

部屋の入り口に立ったのが察せられた。

そこで布団の中の加門に気がついたのだろう。

布団を被(かぶ)っていてもなお、男の視線が全身に感じられる。

刀が鞘(さや)から抜かれる音が、ほんの微かにした。

足が一歩、出された。

加門は跳ね起きた。

布団をその男に放り投げる。

「うわっ」

驚きの声とともに、男が退いた。加門はその隙に刀を抜く。

男の目の前に切っ先を突きつけ、加門はぐいと踏み込んだ。

「何者か」

相手は落ちた布団を蹴飛ばすと、構え直し、加門と向き合った。見知らぬ顔だ。おそらく浪人だろう。だとすると……。

「門倉の手の者か」

加門が一歩踏み出すと、男は刀を斜めに構え直した。

「そうだ。そなたは宮地加門か」

「いかにも」

月明かりが白刃に当たって、きらりと光った。その上方にある男の顔が、鋭い目つきで加門を睨む。

「ならば、命をもらう」

じり、と男は向きを変える。

加門はふっと笑いを浮かべて、その動きに沿って正面に回る。

「殺せと金で雇われたか」

ふっ、と男は鼻で笑い、

「そうよ、どういうわけがあるのかは知らないが、いい仕事なのでな」

加門はどんと踏み込んだ。男がはずみで下がる。

よし、うしろはないぞ……。加門はゆっくりと間合いを詰める。

家の中の造りはわかっている。闇の中でも、支障はない。が、男はなにもわからないはずだ。

やっ、と声を上げて、加門は剣を振りかざした。
男の腕も動く。
加門の剣を受けて、刀同士が激しく鳴った。
それを払って、さらに踏み込む。
男が腰を落として、加門の胴を狙う。
横に飛んで、加門は身を躱す。と、同時に、男の肩に刀を振り下ろす。
やった……。
手応えがあった。
ぐうと鳴る男の喉の音を聞いて、加門は手首を返して、峰を向けた。
前屈みになった男の背を打つ。
よろめいた男が壁にぶつかった。
「その先はない」
加門は切っ先を掲げて、男に詰め寄る。
「ていっ」
男が突っ込むようにして、加門の足を剣で狙う。
加門は跳んだ。

下りたところに返す刀がかすり、左の脛に熱さが走る。

斬られたか……。そう思うと、手に力がこもった。

「殺さぬ、が、出て行け」

加門は男の左腕を打ちつける。

骨にまで響く音が立った。

ここで死なれては面倒だ……。そんな計算もあった。

加門は戸口を開ける。

「さあ、行け。今なら人はおらぬ」

加門の声に男は、

「くそっ」

と、呻きを吐き出し、ふらつきながら出て行く。

闇を歩いて行く男を見送って、加門は戸を勢いよく閉めた。

脚が熱かった。

加門は医学所の裏口から、そっと中を覗いた。

まだ明け六つ（六時）の鐘は鳴っていない。が、将翁はそれよりずっと以前に起きていると、聞いたことがある。明け六つのすぐあとに来たこともあるが、将翁はすでに薬園で草の手入れをしていた。

戸を押すと開いた。

薬園に入って行くと、そこにしゃがんだ将翁の姿があった。

「先生」

加門の声に、将翁はびっくりして振り向く。

「おおっ、なんじゃ、驚かせるでない」

「すみません」

と、頭を下げる加門に、将翁が立ち上がって、頭から順に見ていく。

「どうしたんじゃ」

その目が足に止まる。草履を履いた足に拭いたらしい血が残っている。

「けがか」

「はい、それで弟切草(おとぎりそう)を分けていただけないかと思って来ました」

二人の目が薬園の片隅に植わっている草に向く。

「ああ、切ってやろう、そなたは上がっておれ」

「いえ、自分でやりますので、草だけで……」

「弟子が逆らうでない、言うことを聞け」

顎で奥を示されて、加門は家に上がる。将翁は素早く薬草を摘むと、加門の元へとやって来た。

「どれ、見せてみろ」

加門が袴をまくると、晒しを巻いた脚が現れた。赤く滲んだ色には輝きがあり、まだ血が出続けているのがわかる。

それを見つめた将翁は立ち上がり、

「待っておれ」

と、台所へ行った。竈に火をいれたらしい。ほどなくして、薬草の煮立つ香りが漂ってきた。

ここには住み込みの内弟子も何人かいるが、さすがにまだ起きていないようだ。将翁の動く音以外は、しんと静まっている。

深鉢と晒しを持って、将翁が戻って来た。加門は脚に巻いた晒しを外す。

将翁は身をかがめて長い切り傷を見ると、ふん、と鼻を鳴らした。

「深くはない、大丈夫じゃ」

血を拭うと、小さくたたんだ晒しを深鉢に浸す。薄茶色の液がそこに浸み入ると、将翁はそれを傷口に当てた。

うっと、加門が唸るのを聞いて、

「痛いのは生きておる証拠じゃ」

と、笑う。

上に油紙を載せると、長い晒しで脛を巻きはじめた。

「弟切草が切り傷に効くと知っておったのか」

はい、と加門は頷く。宮地家は御庭番の中でも薬草にくわしい家だ。が、それを言うわけにはいかない。

「金創（きんそう）に関する書物を読んだことがあるのです」

「ふむ、そうか」

金創とは、刀や槍による創（きず）のことだ。戦国の時代には、刀傷を負う者が多かったせいでそれを診る医者もまた多く、金創医と呼ばれていた。江戸に入ってからは、刀傷を負う者がなくなり、金創医は外料（げりょう）、外科（げか）と呼ばれるようになっていた。

「弟切草の名の由来を知っているか」

晒しを巻きながら、将翁が問う。

「いえ」

「これにはな、ある話があるんじゃ」将翁の声が神妙になった。

「平安の頃の事じゃ。ある鷹匠がおってな、切り傷にはある薬草が効くことを知っておった。が、それはお家の秘伝だったんじゃ。それを弟が思い人に話してしもうてな、話はたちまちに広まってしもうたんじゃ。弟は好きな女にいい顔がしたかったんじゃろうがのう、秘伝を話すのはまずい。で、それを知った鷹匠の兄が、怒りのあまり弟を斬り殺してしもうた。それ以来、その草は弟切草と呼ばれるようになったんじゃよ」

へえ、と加門は改めて、煎じた液を見る。

「なんともつらい話ですね」

「うむ……さて、これでよい」

晒しを巻き終わると、将翁はちらりと加門の顔を見た。

「まったく、業の深いやつじゃ」

その苦笑に、

「すみません」

と、加門も苦笑する。将翁ならばなにも聞かずにいてくれるはずだ……。その思いが届いた安堵もあった。

「ありがとうございました」

「なんの、いつでも来てよいぞ」

将翁はかっかと笑った。


畳の上に大の字になり、腕枕をして加門は天井を見上げていた。

講義に出ると言ったら、

「正座などしたら傷口が開く。とっとと帰れ」

と、将翁に追い返されたのだ。

脚はまだ熱く、ずきずきと疼く。

それを感じつつも、加門の頭の中はいくつも考えが巡っていた。

あの刺客は門倉に雇われたと言った。しかし、門倉はこの家を知らないはずだ。以前、門倉家の次男坊力之助が雇った浪人とともにあとを付けて来たことがあったが、あのときはちゃんと撒いたではないか……。

いや、そうか、素人では埒があかぬと、徒目付に付けさせたのかもしれない。徒目付が同じ幕臣を殺すわけにはいかないが、あとを付けるくらいなら問題はない。そもそも、目付は旗本や御家人を監視するのが役目だ。付けさせて、この家を突き止めることができれば、あとは門倉がまた浪人を送り込めばいいのだ……。

そう考えて、加門は眉を寄せた。

しかし、あのとき、城の御門から付いて来た男は確かに撒いた。そのあとは、いつも背後に気を配っていたのに……気づかぬうちに付けられていたのだろうか……。

そう思うと、顔全体が歪む。

いつ……。

と、加門の目が見開いた。

「そうか、わかったぞ」

がばとその上体を起こす。

「あれだ……」

その両手が握りしめられていた。

四

「頼もう」

加門は門の前で声を上げた。

門といってもそれほど立派なものではない。ごく普通の旗本屋敷の門だ。意次の家、田沼家である。

すぐに現れた中間（ちゅうげん）が、

「これは加門、いえ、宮地様」

と、笑顔になる。意次がいつも加門と呼んでいるために、家中（かちゅう）でもそのほうが定着しているらしい。

「さ、どうぞ奥へ。殿はまだお戻りではありませんが、加門、いえ宮地様が見えたらお待ちいただくようにと言われております」

「加門でかまわんよ」

そう微笑みながら、加門は奥へと上がっていった。

客間に通されると、すぐに茶が運ばれてきた。

見知った顔の女中はちらりと加門の顔を見て、頬を薄紅に染めると、そそくさと出て行く。いつものことだ。

女中が下がると、加門は立て膝をして、左の脛をさすった。「正座は厳禁、胡座もほどほどに」と将翁から言われており、座るときには気を遣う。

加門は床の間に目を向けた。一幅（いっぷく）の掛け軸がかけられている。意次の父意行が掛けたものだ。

　昔、父とともに訪れた加門に、意行が見せてくれたときのことを覚えている。

「どうだ、富士の上を飛ぶ鷹の絵だ。上様から官位を賜ったのでな、志を新たにせんと、意を込めて選んだのだ」

　享保九年（一七二四）。その年に、意行は従五位下、主殿頭という官位を授かった。蔵米三百俵という禄であったから旗本としては並みであったが、従五位下という位は旗本としては最高位だ。

　六歳であった加門と意次は、並んでその掛け軸を見上げたものだった。

　加門の父友右衛門は眼を細めて頷いた。

「よい絵ですな。田沼殿、いや主殿頭様はこの鷹のように、これからもますます出世されるに違いありませぬ」

「なに、そなたはかしこまらずともよい。我らは兄弟のようなものだ。官位をいただいたといっても、人が変わるわけではない。これまでと同じに気安くつきあってくれ。そのほうがこの息子らにとってもよかろう」

　意行と友右衛門は紀州時代からのつきあいだ。意行のほうが六歳上であるが、その分、兄と弟のように親しんできたという。

そのとき、加門は意次と小さな笑みを交わしたのを覚えている。

意行は息子にこうも語っていた。

「徳川様にお仕えできたのは僥倖。そなたも心して、務めるのだぞ」

乱世には、田沼家も主家をずいぶんと変えたという。鎌倉将軍からはじまって、新田氏や上杉氏、武田氏や成田氏などを転々としたらしい。やがて、徳川家について大坂夏の陣に参戦したことから、紀州藩に仕えるようなったという。はじまりは足軽のような軽い身分であったらしい。

やがて、意行の父義房の代になった。が、義房は病のために辞することになったという。病が真実だったのかどうかは不明だが、城下を離れたのは事実だった。意行は浪人の子となったのである。

しかし、その意行に声がかかった。いきさつはわからないものの、まだ部屋住みであった吉宗が、意行を召し抱えてくれたのだ。

意行はそのまま藩主となった吉宗に仕え、やがて将軍となった主に従って、江戸城に入ったのである。

「であるから、上様への御恩はこの田沼家、けっして忘れてはならんのだ」

そう意行が息子意次に語っていたのを、加門は傍らでいくどか聞いたことがある。

　しかし、その意行もすでにいない。意次が小姓として西の丸に上がったのちの享保十九年（一七三四）、四十九歳で病のために世を去ったからだ。

　意次はそのために田沼家の遺跡を継いだ。当主の生前に家を継ぐことは家督相続であるが、当主の死後に継ぐときには遺跡相続になる。意行は加増されて六百石になっていたから、意次はそれを受け継いだのだ。が、いまだ官位を継ぐことは許されていない。

　加門は掛け軸の鷹をじっと見つめた。

　実直で誠実であった意行の人柄を思い出す。

　まだまだ上様にお仕えしたかっただろうな……。そう思うと、鷹が少し、悲しく見える。

　おや、と加門は顔を巡らせた。表のほうから人の声が聞こえる。そして、足音が近づいて来た。

「加門、待たせたな」

　障子が開いて、意次が入って来た。

「すまん、そなたが来るとわかっていれば急いで下城したのだが、なにかと用ができてな……」

腰を下ろす意次に、

「なに、かまわん。こっちも急に思い立ったんだ」

そう微笑む加門の立て膝に、意次は目を留めた。

「なんだ、脚をどうかしたのか」

ああ、と加門は苦笑いを向ける。

「まあ、そのことなんだが、その前に伝えたいこともある。順を追って話そう。まずは尾張藩のことだ。中屋敷に行ったら、いつぞやの藩士がいてな……」

藩士の水谷宇左右衛門に会い、『温知政要』について聞いたことを話す。

「ふうむ、あることはある、しかし、人には貸さない、というわけか」

「そうだ。だが、あるのであれば道はいくらでもある。少し、時をかけて攻めていくつもりだ。だから、いましばしお待ちを、と家重様に伝えてほしい」

「よし、わかった。そなたはやると決めたら簡単にあきらめたりしないからな、その辺も伝えておこう」

「いや、それはよかろう」

苦笑する加門に、意次はぐいと顔を寄せる。

「して、次の話はなんだ」

うむ、と加門はちょっと口ごもりつつ声をひそめる。

「そなた、付けられてないか」

「えっ……」

「おそらく徒目付だ」

「徒目付、とな」

目を見開く意次に、加門は立てたままの膣を差した。

「家に刺客が忍び込んで来たのだ……」

そのできごとを話す。

「斬られたのか」

驚く意次に加門は笑う。

「大した傷ではない、名医もいるから安心だ」

そうか、とほっとする意次に、加門は眉をひそめた。

「だがな、少し前に、わたしも下城のさいにあとを付けられたのだ。あれはあきらかに隠密修業を積んだ者、徒目付だと思う。まあ、こちらも修業を積んでいるから、ちゃんと撒いたがな」

「ふうむ、それがわたしにも付いているということか」

「おそらく。そら、神田の家に来たであろう、あのときに帰ろうとした大工が、もう一人客が来ていると言ったのを覚えているか」

「あ……ああ、そういえばそう言っていたな。が、すぐにいなくなって、間違いだった、と」

「そうだ、それはそなたを付けて来た徒目付のはずだ」

「なんと、不覚……では、わたしのせいでそなたは家を知られ、襲われることになったのか……いや、すまん」

あやまる意次を、加門は手で制する。

「いや、こちらもうかつだった。その徒目付も誰の家かは知らなかったはずだ。が、そなたが入っていったのを見て、後日、住む者を確かめに来たのだろう。それにわたしは気づかずにいたのだ」

ううむ、と意次が唸る。

「そうか、家重様の側近が不始末でも起こせば、西の丸から放逐（ほうちく）できる。そうして側近を崩していけば、家重様の追い落としもしやすくなるという算段だな。敵を攻めるさいの常套（じょうとう）手段だ」

「うむ、そういう目論見（もくろみ）だろう」

しかし、と意次は首をひねる。

「そなたはなにゆえに、そこまで狙われるのだ」

「うむ、それは……きちんと話してはいなかったのだが、わたしは宗武様に疎まれているのだ」

「宗武様とな」

「ああ、以前、小菅御殿におられた家重様から、お幸の方様に書状を託されたことがあったろう。それを届けに、西の丸に来たときのことだ。宗武様と宗尹様が来ておられてな、廊下を歩きながら、自分がここの主になったら、と宗武様が話をしておられたのだ」

「なんと、西の丸の主は、家重様を置いてほかにないぞ」

憤る意次に、加門も頷く。

「ああ、まさしく。が、宗武様はそう思われていないのがよくわかった。宗尹様もだ。そのお二人のやりとりを、わたしは部屋の中で聞いていたのだ。お二人も、まさかそこに人がいるとは思わずに話されていたわけだ。が、わたしが呼び出されて、廊下に出たために、お二人と対面してしまった……」

「むむ、そんなことが」

「ああ、その場はお幸の方様がいらして助けてくださったのだが、顔は覚えられたから な、あとでわたしの身許は割れてしまったのだ。それ以来、口封じのためだろう、狙われるようになったのだ。聞いたことを、上様や家重様に告げ口されては面倒だと思われたのだろう」

加門が苦笑すると、意次は口を曲げた。

「いかにも、起こりそうなことではあるな。そなたはわたしと親しいことも知られていようから、よけいに敵視されているのかもしれぬ……ったく、なんということか」

意次が拳を握ると、加門も膝を叩いた。

「しかし、これで宗武様に付く者が存外、多いということが見えて来たな。徒目付を動かせるのは上役の目付なのだから、目付の誰かが門倉と通じているということだろう。油断はできぬぞ」

「そうだな、目付のうちの誰かが、西の丸を敵に回してでも、と宗武様に付いているということだな。それが誰なのか……これは早いうちに押さえておいたほうがよいな。加門……」

こちらを見る意次の目に、加門は大きく頷いた。

「ああ、任せておけ、探ってみよう。敵の動きは早いうちに封じるに限るからな」

「うむ、心強い。だが……」意次は眉を寄せる。

「そなた、御用屋敷に戻ったほうがいいのではないか。神田の家が知られてしまった以上、またいつ襲われるかしれんぞ……と言っても、むだか、子供の頃から逃げるのは嫌いだものな」

「ああ、昔はたんに敵に背を向けるのは卑怯だと思っていたからだが、今は少し違う。一度逃げると、それが癖になってしまうかもしれん、それがいやなのだ」

「しかし、家にいるのはそなただけ、というのが心配だな」

「いや、妙案を思いついたから、心配はいらん」

「妙案、とはなんだ」

「ふむ、実はな……」

加門は含み笑いをしつつ口を開いた。

五

田沼邸を出て、加門は外桜田(そとさくらだ)に向かった。内堀のすぐ横、鍋島藩(なべしまはん)の囲い内に、御庭番の御用屋敷がある。

で行った。

「まあ、兄上」

家の前で朝顔の手入れをしていた芳乃が加門の姿に気がついて、家の中に飛び込んで行った。

「母上、兄上がお戻りですよ」

土間に足を入れると、母の光代が、ぱたぱたとやって来た。

「まあまあ、よく戻りました」

満面の笑みを浮かべた母はさあ、と加門を奥へと引いて行く。十日ほど前にも城の帰りに寄ったのだから、それほど騒がなくても、と思いつつ、加門は素直に従った。

「よい日に戻りましたね、今日はあさりのおみおつけ、それに鯵を焼くのですよ、夕餉は食べていけるのでしょう」

「はい」

母の言葉に頷きつつ、突然帰って来たのだから、一尾足りないに決まっている、母は自分の分をくれるつもりだ、と思う。いつもそうなのだが、母はにこにこと満足そうに見つめるため、まあよいか、と思うのも常のことだ。

「旦那様、加門が帰りましたよ」

母の声に、父の友右衛門が書物から顔を上げる。やりとりが聞こえていたであろうに、意外そうな顔をするのもいつも同じだ。

「おう、戻ったか」

「はい」

母と妹が台所へ向かったのを背で聞きながら、加門は立て膝で座った。

「けがでもしたか」

「はい、ですが、母上には転んだというつもりですので」

「うむ、わかった、で、なにがあった」

はい、と加門は事のいきさつをざっと話す。見習いの身としては、一応の経緯を伝えるのは務めだと考えているからだ。まだ、己だけの判断では心許ない、という自覚もある。

「そうか、そこまでするとは、侮れない相手だな。この先も危なかろう、こちらに戻って来るといい」

「いえ、あちらにいます。襲われたくらいで逃げ出しては、武士の名折れ。敵が来るのなら、迎え討てばいいだけの話です」

怖じ気のない息子の態度に、父はほうと眼を細める。が、それを打ち消すように微かな苦笑を浮かべると、加門は身を乗り出した。

「されど、それなりの策も大事……で、父上にお尋ねしたかったのですが、忍びの仕掛け屋敷の図面がありましたよね」

ふむ、と父が背後の木箱を開ける。

「伊賀から手に入れたものがあったな。だが、それほど大したものではないぞ。仕掛けの作り方が記されているわけではないし。他家にはもっとよい図面があると思うが……」

父が広げると、墨で線を引いただけの図面が現れた。確かに、何箇所か、仕掛けの動きが書かれているだけの大雑把(おおざっぱ)なものだ。

覗き込んだ加門が、

「ううむ、まあ、でも参考にはなります。これなら作れそうだ」

と言ったのを聞いて、父は驚きの目を瞠った。

「自分で仕掛けを作るつもりか」

「はい、いくつか作っておけば、侵入されても対応できると思いますので」

なんと、とあきれたように首を振る父に、加門は安心させようと笑ってみせる。

「大丈夫です、自信があります。あの、それと『御役武鑑(おやくぶかん)』を借りていってもいいでしょうか。ちょっと調べたいことがあるので」

『御役武鑑』は公儀の役人の名簿だ。市中の書肆が出版している書物で、毎年、改訂版が出る。役職や名前、家紋、屋敷の場所、妻の名までが網羅されたくわしさで、商人はそれを商いに活用するのだ。

「ふむ、よいが、なくすでないぞ」

書物は高価だ。

「はい。この件につきましても、改めてお話しいたします」

頷く息子に、父は、風呂敷を渡す。

加門はそこに『御役武鑑』をしまうと、きゅっと端を結んだ。

「あの、それと、父上は『温知政要』を読んだことはありますか」

「徳川宗春様の書かれたものだな。それもお役目がらみか」

はい、と家重の命であることを説明する。

「なるほど。わたしはその書物は読んではおらぬ。なにやらけしからぬ内容ということで、重臣方が処分したという話だからな、お城でも読んだ者は少ないはずだ」

「やはりそうですか」

「うむ、なにしろ上様の推し進めてきた倹約令を堂々と批判しているらしい。御政道批判などもってのほか、ということであろう」

「なるほど。それならば、ますます内容を知りたいですね」

眉を寄せてがっかりしたように見える息子に、父は声音を高めて言う。

「書物を読んだことはないが、お書きになった宗春様はお見かけしたことがあるぞ」

「えっ、そうなのですか」

うむ、と父は胸を張る。

「家康公の百十五回忌であったから、享保の十五年だ。吹上の紅葉山の東照宮で、上様が法要を営まれたであろう」

「ああ、はい、父上は御庭の警護に就かれたのでしたね」

紅葉山の東照宮は、家康の命日である四月十七日に、将軍はじめ、人々が参拝するのが習わしだ。特定の回忌に当たるときには、ときの将軍が大規模な法要を行うことになっている。

「その折、上様は参拝に際して三人の供奉（ぐぶ）を付けられたのだが、その重要なお供のうちの一人に、宗春様を指名されたのだ。まあ、その頃はまだ通春様という御名であったがな。その前の年に、上様は宗春様を梁川藩主に就けられたのだが、よい手腕を発揮されたということでな、供奉に抜擢したのは、そのことへの報償でもあったのかもしれぬな」

「へえ、そうだったんですか。では、父上はそのときに宗春様と会われたんですね」

「会ったというわけではない。近くから拝顔したということだ」

「どのようなお方でしたか」

「ふうむ、温和そうな面立ちをしていらしたな。だが、上様とも物怖じすることなく話をされていた。おやさしいが意志は強そうだ、と感じたものだ」

父はそう言いながら、ふと、思い出したように付け加えた。

「そういえば、その十年近く前にも、宗春様を紅葉山東照宮の参拝に呼ばれたと聞いたことがあるな。重臣や大名、その跡継ぎばかりの参列者の中で、唯一、役さえもらっていない部屋住みの宗春様が、上様から呼ばれたそうだ」

「へえぇ、上様は宗春様をかわいがっていらしたと聞きましたが、それは真だったのですね」

「うむ、上様は不憫に思われたのかもしれんな」

「不憫、ですか」

「大きな声では言えないがな、宗春様には御正室がおられないのだ。御側室はお持ちだそうだが」

「え……それは、なにゆえですか」

「ふむ、なにしろ二十番目の末子。役もなければ官位もない部屋住みでは、奥方などもてる身分ではない。武家の部屋住みは、皆、そうであろう」

「はい、確かに」

旗本や御家人の子息であろうとも、禄を得られない部屋住みは、妻を持たずに終わることが珍しくない。

「大名家とてそれは同じ。当時は出世の見込みもなかったのだから、妻を世話する者などおらぬ、ということだろう。それで側室をもたれたのだ。その後に、梁川藩主になられたのだが、すでにお子が何人もおられたせいで、婚儀の話は進まなかったのであろう。ゆくゆく藩主になられるとわかっていれば、若いうちにどこかのお姫様が嫁いでおられただろうがな」

「へえ……それはずいぶんと不遇な……」

「うむ、上様はそういう境遇を不憫に思われたのかもしれぬ。上様は若いうちに官位や領地を頂いたが、御正室を持たれたのはやはり藩主の座を継がれてからだったからな。少し、運が違っていれば、宗春様と同じようであったかもしれぬ、とお考えになったのではないか……わたしはそう思うたがな」

「なるほど、ただでさえ、学問好きなどで気が合っておられたのだから、引き立てようとなさるでしょうね」

「そういうことであろうよ」

「はい、少しわかった気がします」

と、加門は腕を組む。しかしそれがなぜ、変わってしまったのか。その原因の一つが『温知政要』なのか……。

眉を寄せる加門に、背後から声がかかった。

「兄上、夕餉の支度ができました」

芳乃が入って来て、父と兄のあいだを覗き込む。仕掛け屋敷の図面が広げられたままだった。

「あら、それは伊賀の忍び屋敷のものですね」

うむ、と言いつつ、加門はあわててそれをたたむ。

芳乃は自分がのけ者にでもされたように、口を尖らせた。

「わたくし、もっと大きなものを見たことがあります」

「なに、どこでだ」

「千秋（ちあき）さんの家でですわ。村垣（むらがき）家には、そういう図面が何枚も伝わっているのですって。遊びに行ったときに、縁側で虫干ししているのを見せていただきました」

ああ、と父も頷く。

「あの家ならいかにもありそうだ。うちと違って、いろいろな大技を受け継いでいる家だからな、不思議はない」

そこに母の足音がやって来た。

「まあ、早くお越しくださいな。夕餉が冷めてしまいます」

はい、と父と息子は立ち上がった。

第三章　仕掛け屋敷

一

江戸城の御広敷から、加門は表へと回った。

医学所は休めと将翁に言われたこともあり、この数日、登城を続けている。

加門は表の御殿を見上げながら、ゆっくりと歩く。

城表(しろおもて)は日々、役人達が登城し、執務を行う大きな役所だ。数え切れないほどの部屋があり、それぞれに役人が詰めている。目付部屋もそのうちの一つだ。が、外からは窺えない。

目付は十人だ。以前はもっと多かったのが、享保十七年に減らされ、十人目付と呼ばれるようになった。城内の巡視や布令の伝達などを行い、評定所(ひょうじょうしょ)にも列席するし、火事現場にも立ち会う。役人の仕事ぶりを監視するのである。城に上がるのは当番制で、朝番、夕番、宿直(とのい)などで交代する。

加門は『御役武鑑』で見た名前と家紋を頭の中で反芻(はんすう)していた。十人のうちの三人は西の丸詰めだ。こちらはおそらく敵ではないだろう。残りの中に、宗武派がいるに違いない……。そう考えながら、表に回り込む。

玄関の前を過ぎて、右側へと進んだ。そこには目付の配下である徒目付の詰める番所がある。開け放した窓からは、中を覗うことができた。加門は通り過ぎるふうを装って、目だけを部屋の内へ向けた。

自分を付けてきた男の顔ははっきりと覚えている。浅黒い肌でえらが張ったごつい顔なため、勝手に鬼瓦(おにがわら)と呼んでいた。この数日、番所を覗いているが、まだ見つかっていない。

もしかしたら、配下の小人目付(こびとめつけ)か中間(ちゅうげん)だろうか……。そう思いつつ、背筋を伸ばして中を見る。

あっ、と加門は口中の声を呑み込んだ。

浅黒くごつい顔がそこにあった。

やはり徒目付だったか……。加門はごくりと唾を呑み込みながら、そこを通り過ぎた。

　太陽が西に傾いたのを見上げて、加門は今度は大奥の裏から回り込んで、再び表の玄関横に行った。

　一刻前の未の刻（午後二時）にも来たのだが、そのときには目当ては出て来なかった。朝番であれば、朝の辰の刻（午前八時）に登城して未の刻に退出する。夕番は巳の刻（午前十時）の登城で、申の刻（午後四時）に下城する。宿直であれば申の刻に登城して朝までだ。

　もうすぐ申の刻になる、おそらく出て来るはずだ……。加門はそう踏んで、徒目付の番所を木陰から見つめた。

　太鼓の音が鳴った。

　三つの捨て太鼓に続いて、七つの太鼓が鳴らされる。武士が時刻を十二支で言うのは、仕事でそれが使われているからだ。が、町衆は十二支は使わず、七つ、八つなど、打ち鳴らされる回数で言うほうが多い。

　太鼓が鳴り終わり、城表がざわめく。下城の武士達が玄関にやって来るためだ。

　加門は息を詰めて見つめる。

番所の戸が開き、中から二人の徒目付が出て来た。鬼瓦もいる。玄関の脇で、主を待つのだろう。

加門の目が一人の武士に留まった。黒羽織だ。目付は麻の黒羽織に無地の着物と決められている。武士を監察する立場として、質素倹約を身を以て示さなければならないからだ。

目付だ……。加門の思ったとおり、鬼瓦が動いた。一礼をすると、もう一人の徒目付とともに、目付のあとについて歩き出した。

加門の目が羽織の紋を探った。黒の中に白抜きされた背中の紋が見える。藤の花房が二つ、円く下がっている花藤の家紋だ。

加門が頭の中にしまい込んだ『御役武鑑』の記憶を探る。

花藤の紋……衛藤信房だ……。

よし、と拳を握ると、加門はそっとその場を離れた。

数寄屋橋御門を出て、加門は町へと歩き出した。

目付を突き止めたことで、足取りは軽い。が、ふとその足を止めた。

そうだ、とつぶやいて、神田の角を曲がる。

奥から音のする家の前で、加門は中を覗き込んだ。大工の棟梁、安吉の家だ。住み込みの大工も多く、裏庭で作業をする音がいつも聞こえている。開け放した障子の向こうに、彼らの姿が見えた。

「あ、宮地の旦那」

その中から声が上がった。

「やあ、河童さん、指はどうですか」

「へい」加門の問いに、河童は手招きをする。

「どうぞ、奥に」

土間から台所を抜けて、裏庭へと行くと、皆が手を止めて笑顔を向けた。すでにいくども訪れているために、顔馴染みだ。

河童は先日切った指を掲げると、回して見せる。

「おかげさんで、切ったらすぐに治りやした。ありがとさんでした」

「いやなに」

と加門も指を見る。傷口も付き、すっかりきれいになっている。

「こいつをわざわざ見に来てくれたんですかい」

驚きを示す河童に、加門は首を振る。

「いや、実はお願いがあって来たんです」

へえ、と周りにいた二人も寄って来る。と、そこに家の中から人影が現れた。棟梁の女房お松だ。

「あら、加門さんじゃないか」

ああ、はい、と振り向く加門に、お松が手招きをする。

「ちょうどよかった、ちょっと来ておくんなさいな」

河童らも顎を上げて促すため、加門はお松の立つ濡れ縁へと寄って行った。

「ささ、ちょっと上がってくださいな」

そのまま、座敷へと上げられる。

座敷には若い女が座っていた。若いといっても、眉を剃っているところから、どこかの女房であるに違いない。

「これは娘のお梅」

はい、と礼をするお梅を見て、お松が溜息を吐く。

「実はね、加門さん、お梅は一年と半年前に嫁にいったんですけどね、いまだに子ができないんですよ」

「やだ、おっ母さんたら、そんなことを……」

赤くなってうつむく娘に、

「大丈夫だよ、このお侍さんは医術をやってるんだ。ちょうどいいから、診ておもらいな」

「いや、わたしは医術を学んでいるだけでして……」

そう言いつつも、加門はお梅の向かいに座った。

おずおずと上げたお梅の顔は、白く赤味がない。膝の上に重ねた手を見ると、やはり白い。体つきも柳のようだ。

「手足が冷えませんか」

加門の問いに、母のお松が答える。

「ええ、ええ、そうなんですよ、さすがお医者は違うもんだ、見ただけでわかるんだねえ、加門さんのお見立てどおり、この子は昔っから冷え性でね、冬なんか足の先が氷みたいになっちまうんですよ」

こくりと頷くお梅に、加門が手を差し出す。

「脈をとらせてください」

そっと差し出された細い手首に、加門が指を当てる。しっとりとした肌はひんやりと冷たく、指に触れる脈は弱い。

「そうですね、冷えやすいので、身体を温めるようにするといいですよ。夏でも行水はせずに、湯屋に行ってゆったりと温まるのがいい、それに、冷たいものよりも温かいものを食べてください。朝晩、熱い味噌汁を飲むといいです。味噌は身体を温めますから」

「まあまあ、そうですか、言われたとおりにするんだよ」お松が娘の背をさする。

「そうすれば子ができますかね、加門さん」

女二人に見上げられて、加門はたじろぎながらも微笑む。

「いや、それはなんとも言えませんが……しかし、冷えは大敵といいますから、まず、それを治すことで調子がよくなり子もできやすくなる、とは言われています」

「あら、それならできるってことじゃないか」

「おっ母さん、気が早すぎるわ」

「だっておまえ、このままじゃあっちの姑さんにずっと嫌味を言われるんだよ。そのうち離縁なんてことになったら、どうすんだい」

お梅の顔が歪む。

加門は思わず身を乗り出した。

「いや、とにかく温めれば、いろいろなことがよくなります。まだ若いんですから、あきらめることはありません」

　まあ、とお松が娘の背中を叩く。

「そうだね、まだ若いんだ。いいね、とにかくあったためるんだよ」そう言ったお松が、はたと顔を変えた。

「あらやだ、つい引っ張り上げちゃって、加門さんはなんの用事だったんです」

　はい、と立ちながら、

「実は、大工の皆さんにお願いがあって来たんです」

　庭へと下りて行く加門に続いて、お松も付いて来る。

「まあまあ、なんでも言ってくださいな。今、棟梁は出かけちまってますけど、このあたしが請け合いますよ」

　お松は皆の顔を見る。

「いいね、加門さんの言うことをよくお聞き」

　胸を張るお松に、銀次(ぎんじ)と留吉(とめきち)は、

「へえ、そりゃもう、加門さんにはいっつもけがやら病やら診てもらってるんだ、なんでもしますぜ」

　と頷いた。

　ではその、と加門はおずおずと庭の隅に置かれている半端な材木を指さした。

「あまっている木切れや板があったら、もらえないかと……あ、いや、買ってもいいんです」

「まあ、なにをお言いです」

　お松が加門の背をぱんと叩く。

「加門さんに板っ切れを売ったりしたら、棟梁に怒られちまいますよ。どうぞどうぞ、好きなだけ持って行ってくださいな。みんな、いいのを選んでおくれ」

　お松はそう言うと、「じゃ」と会釈をして、家へと戻って行った。

　銀次は胸を叩く。

「おかみさんがそう言うんだ、ここにあるのはなんでも持って行ってくだせえ。けど、何を作るんです。それによって使う木も違いますぜ」

「いや、あっしらが作りに行ったっていいんだ」

　河童の言葉に留吉も頷く。

「おう、そうだそうだ、棚（たな）だって、塀（へい）だって、戸を直すのだって、お茶の子さいさいときたもんだ」

　おう、と腕まくりする三人に、加門は手を横に振る。

「ああ、いや、知り合いから家を直してくれと、頼まれたもので」

　まさか、家に仕掛けを作るとは言えない。

　加門は笑みを作って皆を見た。

「ここなら、木をわけてもらうだけでなく、大工仕事を教えてもらえると思って来たんです」

「へえ、そりゃ、なにが知りたいんで」

　三人の目が輝く。

「旦那になんかを教えられるなんざ、うれしいねえ」

「ああ、大工仕事のほかには、教えられることなんぞねえからな」

「ささ、なんでも訊いてくだせえ」

　加門は「はあ」と、一枚の板を手に取った。

「これを上げたり下げたり、跳ね橋みたいに動かしたいんですが、どうしたらいいんでしょう」

「跳ね橋ですかい」

　河童が板を受け取る。

「まず、この元の所を動くようにするんですが、筒状のものを作って芯を通す、そいつを交互にかみ合わせると、動くようになるってえ仕組みがありやすね。あとは、真ん中でかみ合わせて、どっちにも動くようにするってえのもできますがね。まあ、それだと危ねえな」

「なるほど……そうか、筒に芯を通せば、戸も回すことができるな」

加門がつぶやくと、

「へい、そうでさ。もっと簡単なのは、紐で括るやり方ですがね、そら、柴折り戸なんぞでありやすでしょ」

銀次が頷き、皆も続ける。

「お武家の屋敷ではけっこう作るっていうな。くるりと回る戸をよ」

「へえ、忍び屋敷みてえなもんか、面白れえな」

「乱世の頃には普通だったっていうぜ」

「加門さんは、いってえなにに使うんで」

加門は慌てて、手を振る。

「ああ、いや、うちじゃないんだ……その、これは内緒なんだが、あるお武家が妾を囲っていて、それを隠すためということで……奥方が急に来たら困る、と……」

口から出任せを言う。

三人はたちまち破顔した。

「そいつはてえへんだ」

「ああ、もたもたする仕掛けじゃあいけねえな」

「来たぞ、それ、と動かせなけりゃ、見つかっちまう」

三人は大口で笑い合う。が、やがて真面目な顔になった。

「わかりやした、そんなら失敗しないこつをお教えしやしょう」

「それはありがたい。お願いいたす」

加門は姿勢を正す。嘘をついたのはうしろめたい。が、ありがたいのは本心だ。加門はきちんと礼をした。

二

加門は坂道を上がりはじめた。脚が気になって試しに力を込めてみるが、脛の傷はもう痛まない。軽快な足取りで、麹町の坂を登る。

手にした酒徳利(さかどっくり)が前後に揺れた。目指すのは尾張藩の中屋敷だ。

「頼もう」

そう声をかけた中屋敷の門番は、前と同じ男だったが、加門の顔は覚えていないらしい。再び水谷宇左右衛門の名を上げると、やっと思い出したらしく、通してくれた。

「やや、これは宮地殿」

宇左右衛門は意外そうな顔をしながらも、長屋へと招き入れてくれる。宇左右衛門の目は、素早く徳利を捉えていた。

「先日、すっかりご馳走になったので、お礼にと思いまして」

加門がそれを掲げると、宇左右衛門の眼が細くなる。

「いや、そのような気遣いは無用……」

そう言いながら、茶碗を二つ、持って来る。

加門は懐から塩豆の入った袋も取り出した。酒に合うつまみだ。

とくとくと音を立てながら酒を注ぐと、加門は宇左右衛門に笑顔を向けた。

「実は、徳川宗春様についていろいろ聞いたのです。宗春様はたいそう学問がお好きで、博学であられるそうですね」

博学とは誰も言っていないが、学問好きであれば間違いはないだろう、と加門は踏んでいた。

「おお、そのとおり」宇左右衛門が大きく頷く。

「殿は幼き頃から英明で、書物がお好きでな、次から次へと本を読まれてはそれを我がものとされたのだ。いや、己の修養だけではない、殿はよき本を知れば、皆にも広められる。宮地殿は医術を学んでいると言うておったな、なれば『東医宝鑑』という医術書を知っておられるか」

「はい、朝鮮で書かれた医術書ですね、けがや病に対して、どのような治療をすればよいか、具体的に記されています」

「うむうむ、そうだ。我が殿はその本を大名方に配られたのだ。のみならず、梁川藩主を務めておられた頃には、『東医宝鑑』を各村々に行き渡るように、お触れを出されたのだぞ。そのために特別に安く本を売ってな。それもこれも民が病やけがを得たときに困らぬように、とのお慈悲によるもの……なんと尊きお心ではないか」

「ほう、それは素晴らしい御配慮ですね」

加門は素直に感心する。『東医宝鑑』は吉宗も大事にしている書物だ。

「宗春様は民を大事にされているのですね」

「そうよ」宇左右衛門は我が意を得たり、とばかりに身を乗り出す。

「殿は常に民を第一に考えておられるのだ。倹約ばかりを押しつけては民が元気をなくすとおっしゃって、禁止されていた祭りや芝居をまたはじめられてな、皆、大喜びしたものよ。芝居小屋が次々にできたせいで、近くの国からも遠くの国からも人が押し寄せて、そりゃあ、にぎやかになったものだ。わたしも四年前に、一度、国に行ったのだが、京をも凌ぐ華やかさであったわい」

宇左右衛門は気持ちよさげに酒を飲む。

その噂は江戸にも届いていた。

公儀が出した倹約令を受けて、各地で芝居が禁止されていたなか、名古屋はそれに反して、芝居小屋の新設を許していた。演じる場所を失った役者達が、たちまちに名古屋に集まったのだ。歌舞伎あり、浄瑠璃あり、踊りありと、芸の花が咲いた。そのなかでも特に喝采を浴びたのが、浄瑠璃の演目だった。

名古屋で実際に起きた闇之森心中を材に、悲恋物語として語ったのである。それがたいそうな人気を博していると、江戸にも聞こえたほどだった。

やがて、その浄瑠璃の太夫が江戸にもやって来た。宮古路豊後掾だ。宮古路は江戸でもその心中ものを語ったのである。

つらい憂き世で恋もままならぬ哀しさを、艶めかしく哀切に謳い上げるのが豊後流だ。江戸でもたちまちに大人気となった。

実は加門も父に連れられて、一度、聞きに行っている。どのようなものか知っておかねば、と父が言い出したのだ。

物語は遊女お三と畳屋伊八の悲恋だった。お三が涙ながら伊八に訴える。

「お前ばかりが真実で、道の者の悲しさは、嘘を売るのが商売と、お前の口には出やせねど、心に深い疑いの、あるから妾はなおつらい、嘘か誠か偽りか、胸の鏡の蓋取って、写してお前に見せて死にたい……」

どぎまぎする加門の横で、父は顔をしかめていたのを覚えている。

三味線の高い音と、高い声がなんともいえない情緒を醸し出す。

宮古路の浄瑠璃は豊後節と呼ばれてたちまちに人気となった。が、公儀がすぐにそれを禁止した。

そもそも心中ものを語ることが不届き、というのが公儀の言い分だった。さらにその裏には宗春への牽制も含まれていた。

闇之森心中は未遂に終わった。本来であれば死罪にすべきその二人を、宗春は晒し者にするだけで許したのである。身分を落とされることもなく、その後、二人は夫婦となり、幸せに暮らしている。

しかし、宗春のその処断は公儀への反旗ともいえるものだった。死罪、もしくは非人身分へ落とせ、とお触れを出しているのに、それに真っ向から抗ったのだから、幕闇からすれば、不届き千万なできごとであった。

公儀は宮古路豊後掾を、江戸追放としたのである。

加門はその高い声を思い出しながら、訊いた。

「そういえばあの浄瑠璃の太夫は名古屋に戻ったのですか」

「ああ、いや。宮古路はもともと京におったのだ。名古屋の芝居小屋が盛んになったために来たわけでな、江戸を追放になってから、京に戻ったということだ。名古屋も質素倹約を受け入れざるをえなくなってな、かつてのにぎわいも衰えておるのだ」

「へえ、お殿様のお計らいでせっかく栄えたのに、残念ですね」

「まったくよ。以前は殿御自身が錦をまとわれ、白い牛に乗って市中に出られたというに……そのときはやんやの喝采であったというがな」

「え、そのようなこともされたのですか」

「うむ、殿は皆の喜ぶさまを見るのがお好きでな、艶やかな衣装を身にまとわれ、よく町に出られたそうだ。楽しみは豊かさだ、と仰せられてな。そのお姿は芝居にもなったというほどだ。わたしは見ていないがな」

いかにも残念そうに、ほう、と宇左右衛門は溜息を吐く。そこに、音が鳴った。誰かが戸を叩いている。

「もし、水谷殿、おられるか」

「おう、おるぞ」

宇左右衛門は立って、戸口に下りる。相手となにやら言葉を交わすと、加門を振り向いた。

「すまんが、少し外さねばならぬ……」

その顔が帰るかどうするか、と問うている。

「あ、待っていますので、どうぞお気兼ねなく」

加門は即座に答えた。

しめた、と胸の内でつぶやいた。


宇左右衛門の足音が消えたのを確かめて、加門は長屋を出た。

まっすぐに堂々と、庭を歩いて行く。

屋敷の内側は外から見ることはできない。中にいるからこその機会だ。それに、大きな屋敷ほど、中を堂々と歩く者には警戒しない。

加門は屋敷の全容を見まわす。

数年前に上屋敷が焼けたあと、再建まではここが上屋敷の代わりであったと聞いたことがある。であれば、奥は居住の間になっているはずだ。執政に関わるものは表に移されたであろう。

玄関は東向きだ。

加門は西側を見る。夕暮れの陽射しがまっすぐに当たっている。

あっちだ……。加門は南側へと回った。

書庫があるのは、おそらく南側だと考えた。書物は湿気に弱いから、北側や東側には置かない。陽に焼けるのもよくないから、西側もないだろう。ほどよい明るさと風通しを考えれば、書庫は南側に造るに違いない。

加門は庭を進んだ。南に面した庭には池があり、木立の中に回遊できる道が作られている。

やや奥へ行くと、少し突き出た小部屋が見えた。三方に窓が開かれており、いかにも風が通りそうだ。

ここか……。そっと近づいていくと、部屋の中から廊下へと、人が出て来た。

加門は身を引いて、息を潜ませる。

若い武士が両手に書物を抱えて、廊下を歩いて行く。

やはり書庫だ……。覗き込みたいが、それではあまりも不審すぎる。いや、ここに間違いはない……。そう確信して、踵を返した。うかうかしていると宇左右衛門が戻ってきてしまうかもしれない。

一直線に、長屋へと向かって早足になる。長屋を目で捉えて、加門はあっと声を上げそうになった。

宇左右衛門が戸口に向かっている。

どうする、と加門は木の陰に身を隠した。

宇左右衛門が中に入った。

加門は息を吸うと、ゆっくりと長屋へと向かった。戸口に立つと、その戸が内側から開いた。

「うわ」

目の前に立っていた加門に、宇左右衛門が驚く。加門も「ああ」と声を上げた。

「すみません、厠に行っておりました」

それを聞くと、宇左右衛門は笑顔になって、座敷に上がった。

「おお、そうでしたか、いや、待たせてすまなんだ」

「いえ、こちらこそ、すっかり長居をしまして」

先ほどまでと同じように向かい合い、加門は真顔になった。

「あの、ところで『温知政要』の件なんですが、お借りするのは無理でも、せめて見せていただくわけにはいかないでしょうか」

ふむ、と宇左右衛門も神妙な顔になる。

「そのこと、わたしも見せたいのはやまやまなのでな、実は江戸家老様に尋ねてみたのだ。が、ならぬ、とひと言であった。藩士以外には見せることかなわぬ、とな」

「そうですか」

肩を落とす加門に、宇左右衛門はすまなそうに、

「最近は名古屋の御附家老様が厳しくてな、江戸家老様も御公儀の御意向大事と、変わってきているのだ」

御附家老は将軍の直臣だ。御三家に遣わされており、藩の動向を見守っている。藩主の監察役ともとれる役だ。

宇左右衛門は肩をすくめる。

「殿がおられたら、よし、と仰せになられるであろうに、残念なことよ」

「お殿様は名古屋ですか」

「うむ、来年には、参勤交代でまた江戸に来られるがな……そうだ」宇左右衛門は手を打つ。

「その折になら、お許しが出るかもしれんぞ」

「あ、いえ」

加門は手を振る。来年まで待つことなどできない。

「お殿様に願い出るなど、そんな畏れ多いことはできません。水谷様からいろいろとお話が聞けたので、充分です」

「そうか」

宇左右衛門の顔が少し和らぐのを見て、加門も微笑む。

「はい、ですが、もっとお話を聞きたくなりました。お殿様のこと、聞けば聞くほどに勉強になりますゆえ。またお伺いしてもよろしいでしょうか」

「ほうほう、かまいませんぞ、またおいでなされ」

宇左右衛門の笑顔に、加門は「よろしく」と頭を下げた。

三

「おう加門、来たか」

数日ぶりに医学所に行くと、学友の正吾がうれしそうに肘でつついた。

「将翁先生に聞いたぞ、転んで脚をけがしたんだってな、粗忽(そこつ)なやつだ」

来ない加門を心配した正吾に、将翁が気を利かせてうまく説明してくれたに違いない。将翁は刀傷だということがわかっていたはずだ。その傷も、もう正座をしても痛まない。

「そうなんだ」加門は苦笑する。

「子供の頃から粗忽者でな、よくつまらんけがをするんだ」

ははは、と笑い合っているところに将翁がやって来た。

いつものように講義がはじまる。

「人の身体で大事なのは、気血水(きけつすい)じゃや、気と血と水がよく巡り、滞(とどこお)らないこと、不足しないように充分に補うことが大切じゃや」

将翁のよく通る声が、ひさしぶりで心地よい。

講義が終わると、加門は薬園の手入れに加わろうと、皆に付いて行った。

「なんじゃや、加門はまだよい」将翁がその前に立つ。

「しゃがむのは脚に負担じゃや、当分はやめておけ」

その言葉に正吾が、

「そうか、では、そなたは帰れ、わたしがそなたの分まで働いてやる」

と、笑顔で薬園へと向かう。

将翁はまじまじと加門の顔色を見る。

「ふむ、大丈夫そうだな、化膿もしなかったと見える」

「はい、先生の手当てのおかげです、腫れも熱も出ませんでした。あの……」

立ち去ろうとする将翁を、加門は呼び止める。

「ついでと言ってはなんですか、教えていただきたいことが」

「ふむ、なんじゃ」

「冷えの強い婦人がいるのですが……」

加門の問いに、将翁はふうむと耳を傾けた。

医学所からまっすぐに、加門は日本橋に足を向けた。

山海屋という看板を掲げた薬種問屋に入っていく。振り向いた手代に、加門は一枚の紙を差し出した。

「阿部将翁先生の使いです。この生薬をください」

「はい、これは毎度」

と、手代はそれを受け取った。

「ええと、唐辛子に陳皮、山椒と……」

手代はそれぞれの粉を紙袋に入れていく。

薬種問屋は医者や生薬屋に生薬を売る問屋だ。生薬屋はそれを調合して、客に売る。

加門は生薬屋に行くつもりだったが、将翁がここを紹介してくれた。問屋は素人には売らないことが原則だが、使いで来たといえば大丈夫だと、将翁が生薬を記してくれたのだ。

生薬屋に比べれば安価であるから、加門にとってはありがたい。

「ええと、それと麻の実ですね」

書き付けを読む手代に、加門は、

「はい、あの、それと、辛子粉はありますか」

と付け加えた。

「はい、ありますよ、いかほど」

「一袋、ください」

加門の言葉に「はい」と手代は、身をのけぞらして辛子粉を掬い上げる。それでも吸い込んだらしく、手代はげほげほと咳き込んだ。

「は、はい。これで全部です」

差し出された袋を、加門は懐にしまった。

家の畳に小袋を並べて、加門は匙（さじ）で粉を掬う。開けた戸口に背を向けて、吹き込んでくる風に粉が飛ばないように注意を払う。器に粉を移すと、静かに混ぜ合わせた。

「兄上」

背後に人の気配を感じたと同時に、声が上がった。

妹の芳乃がそこにいた。中間の平助（へいすけ）、それに村垣家の千秋もいっしょだ。

「おう、来たのか。上がれ」

加門の言葉を待たずに、三人ともすでに上がり框に足をかけていた。

芳乃と千秋が、加門の前に回り込む。

「何をしておいでだったのです」

芳乃が手元の小袋や器を覗き込むと、千秋も真似る。

「薬を作っておいでだったのですか」

「ああ、これは」加門は器を横にどけた。

「ある女（おなご）のために、身体を温める薬味（やくみ）を調合していたのだ」

「女……」

芳乃の言葉に千秋も続ける。

「女とは……どのようなお方、なのですか」

うむ、と加門は目を上に向けて、お梅の姿を思い起こす。

「そうだな、身体が細くて、肉付きも薄い……」

二人の娘が口を閉ざした。

「色が抜けるように白くて、肌は吸い付くようにしっとりとしているが、ひんやりと冷えていたな……」

「ま、あ」

と、芳野の声が震えた。続く千秋の声はさらに震える。

「そ、そのようなお方が……」

加門は上を見たまま、頷く。

「うむ、気血水の塩梅(あんばい)が悪いのだ。気と血は足りないが、水はむしろ多い。うまく巡らずに身体にたまりやすいのだろう。それで冷えやすくなる」

加門は二人の娘に目を移した。二人の口元が歪んでいることに気づいて、たじろぐ。

「子をほしがっているのでな、なんとかしてやりたいと思っているのだ」

「子……」

千秋のつぶやきに芳乃も続く。

「こ、こここ……こ、ですか」

唇が引きつっている。

「なんだ、鶏(にわとり)の真似か」

加門はただならぬ様子をなんとかしようと、軽口を言ってみた。が、逆に、芳乃の目はつり上がり、腰も浮いた。

「あ、兄上は、いつのまに、そのようなお方を……」

唾を飛ばしそうな芳乃の横で、千秋は両手を握ってうつむく。

「加門様が、そ、そのようなお方とは、お、思いませんでした」

はあ、と加門は上体を引く。と、はっと気がついた。

「あっ、まさか、そなたたち……」二人を交互に見る。

「なにか思い違いをしたのではあるまいな」

「思い違い、とは、どういうことですか。は、肌まで知っているというのに……」

千秋は眼を赤くして、顔を上げた。

う、と加門は喉を震わせ、

「いや、そうではない、だから……診察をしたのだ」

叫ぶように言った。

二人の娘が再び口を閉ざして、互いに顔を見合わせた。

加門は息を整えて言う。

「その女は知り合いの娘だ。嫁に行ったが子ができないというので、相談に乗ったのだ。そうなれば脈も診るし、肌にも触るだろう」

娘達の口元が弛む。

芳乃は背筋を伸ばして顎を上げる。

「あら……ええ、わたくしはそうだと思っていました」

その隣で、千秋はにっこりと笑む。

「ええ、ええ、そうですとも、もちろんわかっておりました。思い違いなどしておりません」

加門は上目で二人を見ると、いや、してた、と胸の奥でつぶやいた。と、同時に、溜息を吐く。

人の心を読む修養は積んできた。表情や目の動き、仕草や声音で、相手の心の動きを大体は推し量ることができる。

しかし、と加門は口を曲げる。女はわからん……。と改めて思う。そもそも、なぜ、この二人が怒らなければならんのだ、と口が尖る。

「ああ、そうでした、兄上……平助、それを」

芳乃が、平助の傍らから風呂敷包みを引き寄せる。

「これを母上からことづかって来たのです。暑いと傷みやすいので少しですけど、母上の煮物です」

にっこりと、とってつけた笑顔で、芳乃が重箱を押し出す。

「ええ、そうでした」

千秋も横に置いた包みを取り上げる。

「わたくしはこれをお持ちしたのです」

薄い風呂敷包みを開くと、中から折りたたんだ紙が現れた。

なんだ、と首を伸ばす加門の前に、千秋はそれを広げる。

「うちに伝わる仕掛け屋敷の図面です。芳乃さんに加門様が御要りようだと聞いたものですから、持って参りました」

「いいんですか」

加門はそれを手に取る。

「はい、爺様も父上も、お貸ししろと申しましたので」

宮地家にあったものよりも、大きく詳細な図面だ。端には仕掛けの作り方も記されている。

「これはありがたい」

笑顔になった加門に、二人の娘はほっとしたように背筋を弛めた。

「お役に立ててよろしゅうございました」

千秋が笑みを広げると、芳乃は得意げに顎を上げた。

「ね、わたくしたちが来て、ようございましたでしょう」

「うむ、礼を言うぞ」

加門の笑みに、芳乃は身を乗り出す。

「なれば、礼をしてください」

「な、なんだ、なにも持ってないぞ」

「わたくしたちといっしょに両国に参りましょう、ね、千秋さん」

「はい、広小路の芸が見たいと話しておりましたの」

娘は頷き合う。

両国橋の袂は広く、いつでもさまざまな芸人がいる。

「見てくればよいではないか、わたしは忙しい」

首を振る加門に、芳乃はもっと大きく首を振る。

「いいえ、兄上もいっしょに。ふだん、融通が利かないのですから、たまには息抜きをしたほうがよいのです」

「ええ、たまには遊んだほうが、人は力が湧くものだ、と爺様も日頃から申しております」

加門はふと宗春の事を思い出した。喜びは大事、か……。

「そうだな、では、行くか」

「待ってました、団子、食いやしょう」

黙って座っていた平助が、大きく手を打った。

四

両腕に板切れを抱えて、加門は歩く。

お梅のために作った薬味を、お松に届けた帰りだ。ちょうどいた棟梁の安吉が、ありったけの板を持たせてくれたのだ。

よいしょ、と抱え直しながら、加門は家の前に立った。

「えっ」と思わず声を上げる。

戸が開いている。

出かけるときには、内側から落とし鍵をかけた。そうして裏口から出るのが、外出のときの常だ。もっとも、裏口には鍵をかけていない。

また何者かが侵入したのか……。板を下ろすと、加門はそっと中を覗く。座敷で人影が動いた。

「おう、加門、戻ったか」

立ち上がったのは意次だった。

「なんだ、そなたか。誰かと思ったぞ」

加門が笑顔になって入って行くと、意次も、

「はは、表が閉まっていたので、裏口から勝手に入ったぞ」

と笑う。そして、積んだり立てかけたりしている板や棒を指さした。

「今日は非番なのでな、仕掛け作りを手伝いに来たのだ」

「そうか、それは助かる」

戸と同じ大きさの板を、加門は廊下の入り口に運んだ。

「これで塞いでしまうんだ。で、実は押すとぐるりと回る仕掛けだ。ちょうどよかった、そこを持っていてくれ」

「こうか」

意次が板を支えると、加門は金槌を手にした。

すでに取り付けてあった回転用の筒に、板を打ち付ける。

図面を元に、大工達に教えられた技術を駆使して、板をはめ込んでいく。

「ほう、うまいものだな」

感心する意次に、にっと笑いを返して、加門は金槌を下ろした。

「次は二階だ」

階段を上がっていくと、上がり口の左側にある柵を示した。細い棒を縦に並べて、枠で囲ってある。

「これは作ったんだ、それに、これ……」柵に立てかけてあった板を持ち上げる。

「これで登り口を閉じるようにする」

「なるほど、塞いでしまうわけだな」

「うむ、すまんが、ちょっと持っていてくれ。柵の内側につける」

「よし、まかせろ」

意次が柵の外側から板を抱えると、加門は階段に立って金槌をふるった。

釘が次々に打ち込まれていく。

「そなたはなんでもできるな」

意次の言葉に、加門は失笑した。

「このあいだ来ていた大工がいたであろう。あの仲間に教えてもらったのだ。最初は
ずいぶんと指を打ったぞ」

「そうか、ならば納得だ」

意次が笑うと、加門は汗を拭きながら苦笑して、二階の廊下に上がった。

「よし、これでいい。手を離してみてくれ」

加門は扉に付けておいた取っ手を持つと、静かに落とした。

「おお、ちゃんと塞がったな」

うむ、と加門はそれを再び持ち上げる。扉は柵と重なるように収まった。

「だが、どうやって留めておくのだ」

「ああ、これで押さえる」

加門はコの字型の金具を二枚の板の上から嵌め込んだ。

「なるほど、これを外せば蓋ができるわけか」

感心する意次ににっと笑って、加門は階下を指さした。

「よし、ここはこれでいい。あと二箇所だ」

階段を下りる加門に、意次も続いた。


ひとしきり作業をすると、加門は金槌を放り出した。

「とりあえずここまででいい。あとはおいおいやっていく。いや、そなたのおかげで助かった」

そうか、とさすがに意次も疲れたらしく、どっかと腰を下ろした。と、改めて加門と向き合った。

「このあいだ聞いた『温知政要』の件は、家重様にお伝えしておいたぞ。中屋敷に入り込んだと言ったら、なれば尾張藩の様子も探れ、と仰せられた。最近は尾張藩の内部も穏やかではないらしい」

「そうか。いや、図らずもそうなっているのだ。懇意になった尾張藩士から、いろいろと話が聞けているのでな。それによると、藩主の宗春様と家老達のあいだに、どうも溝が生じているようなのだ」

「ほう。宗春様は家臣らから慕われているという評判を聞いたが」

意次は団扇(うちわ)で首筋をあおぎながら、首をかしげた。加門も胸を開いて、手団扇で汗を拭う。

「うむ、実際、話をしている藩士は、殿様を心から敬愛しているのだ。だが、上のほうはそう簡単にいっていないらしい。なにやら動きがあるようなのだ」

「そうか、家重様はその辺りをお知りになりたいのだな」

「そうだろうな、もう少し聞き出してみるつもりだ。それと、『温知政要』のほうも、いまだに見ることは許されていないが、なんとかなりそうだ」

「なんとか、とは。なにか手があるのか」

「うむ、まあ、まだうまくいくかどうかわからんから、待っていてくれ。それとな、こちらも進展があったのだ。例の徒目付を動かした目付がわかったぞ」

加門は突き止めた経緯を説明する。

「ふむ、衛藤信房というのか、覚えておこう」意次が腕を組む。

「しかし、本当にその門倉とかいう旗本とつながっておるのか。目付は他の者との関わりは御法度であろうに」

目付は監察が役目であるだけに、身内以外の者とのつきあいは禁止されている。関わりを持てば、それが柵(しがらみ)になることもある。利害が生じることもありうる。それによって公平性を欠くことにもなりかねないからだ。

「うむ、その辺はこれから探ってみようと思っている。門倉を飛ばして宗武様と直につながっているのかもしれないしな」

そうだな、と意次も頷く。

「しかし、尾張と城内と、両方探るのではそなたも大変だな」

「いや、これもお役目だ。それに、わたしは江戸城しか知らぬからな、他藩の話を聞くのはなかなか面白いぞ」

「ほう、そうか。確かに、尾張藩のことは近年、いろいろと伝わって来たからな、わたしも関心を持ってはいたのだ」

「そうだったか……」そう言って加門は、はたと思いついたように腰を上げた。

「そうだ、そなたも関心があったのなら、ちょうどいい、これから尾張を食べに行こうじゃないか」

「尾張を食べる、とは、どういうことだ」

そう言いつつ立ち上がる意次に、

「店を教えてもらったのだ。道々、尾張藩士から聞いたことも話そう」

加門はにこりと笑って、海の方向を指さした。

築地の南小田原町は海辺にある。そもそもが海であった土地だ。それを埋め立てたのは、明暦の大火によるものだった。市中を焼き尽くした火は江戸城天守閣をも呑み込み、日本橋横山町にあった西本願寺が焼失したのである。それを建て直すために造成されたのが、海辺の一帯だった。築地とは埋め立て地を指す言葉だ。

今では、本願寺の大伽藍がその地の目印になっている。周辺には武家屋敷も多く、それをさらに囲むように町がある。

店や料理茶屋が並ぶ道で、加門は道に置かれた行灯型の看板を指さした。尾張屋と書かれている。

「ここだ」

入ると、中は簡素な作りで、両脇に板敷きの小上がりがあるだけだった。まだ、黄昏前なせいか、客はまばらだ。

上がり込んだ二人は、さっそくやって来た店主らしい男に、酒を注文した。

「うちは伊丹と富田の酒もありますが」

「ほう、では、伊丹をもらおう」

意次の言葉に、男はほくほく顔になった。このような店では、値段の張る下り物を頼む客は少ないのだろう。

「ここは尾張の料理を出すと聞いて来たんだが」

加門が問うと店主は「はい」と頷いた。

「あたしも料理人も尾張から来ましたんでね、本場の味で出してますよ。それがお望みなら、とりあえず煮酢和え（にずあえ）をお持ちしますが、いかがですか。すぐに出せますんで」

抑揚（よくよう）は尾張なまりだが、店主は江戸弁を話そうと努（つと）めているのがわかる。

「へえ、にず……なんだかわからないが、それをもらおう」

加門の返事に、店主は「へい」と奥へと駆けて行く。と、すぐに酒と中鉢を盆に載せて、戻って来た。

「本当に早いな」

と、言いつつ、二人は中鉢に盛られた総菜（そうざい）を覗き込む。細長い赤と白は、人参と大根らしい。そこに油揚げも混じっている。

酒を飲みつつ、どれ、と箸（はし）を伸ばす。

「や、これは……」意次が目を見開く。

「ただの煮物かと思ったが、酸っぱいな」

「え、腐っているのか」

　加門の問いに、

「違いますよ」

　と、横から声が上がった。店主が近くで見ていたらしい。

「江戸のお人はそうやって勘違いすることもありますんで、こうやって食べるまで待ってるんで。けど、これは煮たあとに酢で和(あ)えるんです」

「ほう、なるほど」意次が改めて口に運ぶ。

「わたしは酢の物は苦手だが、これはいけるな」

「そうか、わたしは酸っぱいのはもともと嫌いじゃない。うまいな」

　二人のやりとりに、店主が寄って来る。

「ようございました、それと、八寸煮(はっすんに)はどうです。尾張の名物で」

「ほう、ならば、それも頼む」

　二人の返事に、店主はまたすぐに戻って来た。今度の菜は深鉢に入っている。野菜と小海老(こえび)、魚を煮た物だ。

「魚が入っているのか」

　加門の言葉に、店主は頷く。

「はい、尾張では鯵を使うことも多いんですが、こっちでは折々いろんな魚を使っています」

話し好きらしい店主に、加門は笑顔を向ける。

「尾張からか……わざわざ江戸に来なくても、名古屋のほうが景気がいいと思うが」

「うむ、たいそうな繁栄だと聞いているがな」

意次も頷くと、店主はいえいえと手を振った。

「そりゃ、しばらく前までは、そうでしたよ。夜には名古屋中に提灯が吊されて、そりゃあ、明るくてきれいなもんでした」

「提灯……町中にか」

加門の問いに、店主は胸を張る。

「はい、お殿様が女や子のために、町を明るくしたんです。暗いと危ないですからね」

「へえ、尾張の藩主様は豪気だな」

「ええ、そうですとも、倹約令で禁止されていたお祭りも次々に復活させるし、芝居も踊りも許すし、なにしろお武家にも芝居見物をお許しなさって、いやぁ、それまでこそこそと見に来ていたお侍さん方もいましたがね、生真面目な人は来やしません。

それが皆さん、堂々と見に来て……」

「ほう、武家にも芝居見物を許されたのか」

驚く意次に、店主は頷く。

「ええ、ええ、お侍さんも笑ったり泣いたりするんですねえ、それを見てるのも面白いもんでした。それに遊郭を増やしたもんで、遊女に夢中になって、なんのかんのと揉めてるお侍さんもいましたしねえ」

「遊郭も増やしたのか」

加門のつぶやきに、意次は腕を組んだ。

「なるほど、人が集まれば景気もよくなるな」

「ええ、そういうことで。いっときは本当に、にぎやかでした」

笑顔で頷く店主に、加門はなにも知らないふうを装って、首をかしげた。

「今ではその勢いもなくなったと、いうことか」

「ええ、まあ」と店主は顔をしかめて近寄って来ると、声をひそめた。

「三年前に殿様が引き締めをはじめましてね、遊郭を小さくして、外から来た遊女を国許へ帰したり、芝居小屋はもう造ってはいかん、といろいろと変わったんです」

「へえ、そうなのか」

興味を示す加門に、店主はさらに話そうとするが、その動きを止めた。四人連れの客が入って来たのだ。

「いらっしゃいまし」

笑顔をそちらに向けると、店主は慌ただしく走って行った。

意次は首を伸ばして、加門にささやく。

「御公儀の締め付けがはじまる前に、手を打ったという噂もある」

「なるほど……上から厳しいお達しを受けるよりも、進んでほどほどの引き締めをしたほうがましだということか」

「おそらくな」

店の中は客達の声で賑わってきた。

加門はそちらを窺いながら、声を抑えた。

「宗春公はなかなかの遣り手だな」

「うむ、しかし、相対する者にとっては、それが癪(しゃく)の種にもなろう」

「幕閣か……」

加門のつぶやきに意次が頷く。

客のざわめきには尾張の言葉が多い。

「江戸というても、どうということはないのう」

「ああ、吉原より名古屋のほうが明るかったがね」

笑いが起こる。が、どこか負け惜しみのような響きを含んでいる。

「なあに、また盛り返すに決まっとうがね」

加門と意次は、そっと彼らのようすを窺う。商人らしい。

二人は酒を酌み交わしながら、飛び交う言葉に耳を傾けていた。

第四章　闇の糸

一

江戸城に申の刻（午後四時）を知らせる太鼓が鳴り響く。

加門は裏から回って、徒目付の詰める番所を窺っていた。

太鼓が鳴り終わると同時に、その中から人々が出て来た。鬼瓦の姿もある。

加門はより近い木立のうしろに移って、鬼瓦の背中を見た。目付は黒羽織だが、徒目付はそれぞれの装いだ。

加門は目を凝らした。夏の羽織は生地も色も薄い。鬼瓦の羽織は薄い鼠色なため、先日は家紋を確かめることができなかった。

『御役武鑑』にはほとんどの役人が網羅されており、徒目付も例外ではない。加門は目付衛藤信房の配下として記されていた三人の徒目付の名と家紋を、頭の中で反芻していた。

鬼瓦は城の表玄関脇に、姿勢を正して立っている。加門はその背中を捉えた。

三つ柏だ……。家紋を目にして、つぶやいた。柏の葉が三枚、三角形に並んだ家紋、だとすると名は田巻栄之進……。

加門はそっと、その場を離れた。


翌日。

須田町の家の窓から、加門は空を見上げた。

陽が西に傾いたのを確かめて、加門は手拭いを頭から被った。髪は町人髷にして、わざとほつれさせている。着物は袖口がほつれて汚れている無地だ。それを尻ばしょりして股引をはくと、加門は用意していた手提げの籠を手に、そっと裏口から出た。

籠の中にはゆで卵が入っている。

神田の町を歩いていると、前から同じような風体の男がやって来た。

「卵ー、卵」

と、声を出しながら歩いている。加門がその身を真似たゆで卵売りだ。かけ声は二回、と決まっている。が、加門は無言のまま、神田を抜けた。外濠に沿って、坂を上っていく。目的地は番町だ。

武家屋敷の長い塀が続く道を、加門は歩く。そこに入ってから、

「卵ー、卵」

と、かけ声を上げはじめた。怪しまれてはいけない。

背後から、人が近づいてくる気配を感じて、加門は足を緩めた。

「おい、卵屋」

呼び止められて振り向くと、どこかの中間らしい男が寄って来た。籠を下に置くと、男はそれを覗き込む。

「いくらだ」

「へい」加門は町人らしく早口で、

「大きいのが二十文、小さいのは十八です」

と返す。もともと卵は高い。売り歩くゆで卵はさらに値が乗る。

「そうか、それじゃ十八文のを二つくれ」

男の言葉に、加門はしゃがんで二つの卵を手に取る。それと交換に小銭を落とすと、
男は卵を手で握りしめた。

「暑いとどうも力が出なくてな、卵でも食わんと働けん」

「へえ、暑いのはまいりやすね」加門は立ち上がりながら、頷く。

「そんなら、塩を多めにつけるとようござんすよ」

「ほう、そうか」

「へい、暑いときには塩が効くんでさ」

にっと笑うと、男もうれしそうに笑った。

「おう、そいじゃ、やってみるよ」

「へい、毎度あり」

互いに背を向けて、また歩き出した。

辻で左に曲がる。

一軒、二軒……。加門は数えながら、長い塀の横を進む。

三軒目の角、ここだ……。

加門は目の先の塀を見た。目付の衛藤家だ。屋敷の主名(あるじめい)まで記された切絵図(きりえず)で確かめてきたから、間違いはないはずだ。

塀は高く、長い。門がぴたりと閉ざされて、中からは物音一つしない。

ゆっくりと行き過ぎて、加門は振り返った。休むふうを装って、しばらくそこに立つが、ようすは変わらない。よその屋敷には出入りする者もそれなりに見えるが、衛藤家は静まりかえっている。他家とのつきあいを禁じられている目付であるから、訪れる者はいないようだ。

加門は籠を持ち上げた。

歩き出そうとしたそのとき、勝手門の戸が開いた。

中間らしい。着物の裾をはしょって脛を顕わにした男が出て来た。その姿を横目で見て、加門はあっと喉を震わせた。

浅黒い肌に張ったえら、鬼瓦のような……田巻栄之進だ。

顔だけを動かして辺りを見回すと、田巻は戸を閉めた。道を、こちらにやって来る。

加門はうつむきがちにすれ違った。

そのまま離れて行き、角を曲がった。

徒目付はそれなりの身分だ。普段は羽織袴で整えている。その姿を変えたということは、人に知られてはいけない動きのはずだ。おそらく禁じられている他家とのつながり……もしや、と加門はそこから早足になる。

次の角を曲がると、田巻が進んで行った方向へと足を向けた。その先には、加門に三度も刺客を送ってきた門倉の屋敷がある。

やはり衛藤は門倉とつながっているのか……。加門は考えを巡らせる。

目付は調べたことを将軍に直接、言上することができる。あいだに人を入れれば、握りつぶされてしまうこともあるからだ。

将軍に直に仕事ぶりを知ってもらえるのだから、よい働きをすれば出世にもつながる。目付から遠国奉行や勘定奉行、町奉行に昇進する者も少なくない。

次期将軍は宗武になる、と踏んだ者ならば、早くから取り入ることも躊躇はしないだろう……。そう思うと、加門の肩に力が入った。

門倉の屋敷が見える所まで来て、加門は足を緩めた。

四つ角に身を潜ませて、門倉の門を窺う。

先の角から、人影が現れた。

来た……。

田巻だ。門倉家に向かって行く。が、門の前を行き過ぎた。

田巻が辺りを窺う。

加門は慌てて、少しだけ覗かせていた顔を引っ込めた。

戸を叩く音が聞こえてきた。門倉家の勝手門の位置だ。

そっと片目を出すと、田巻が勝手門に入って行くのが見えた。

やはりそうか……。

加門は唾を呑み込んだ。が、また首を引っ込めた。戸が開いて、田巻が出て来たのだ。そのまま来た道を戻って行く。

そうか、おそらく主からの書状を届けに来たのだな……。

加門はそう考えつつ、その角から道へと出た。頬被り（ほっかむ）りをした手拭いの上をぐいと引っ張って、額の上にひさしを作る。陽射しを避けるために、夏は皆がそうしているので、都合がいい。

加門は門倉の屋敷に近づいて行った。

このあいだ、家に忍び込んで来た浪人はどうしたのだろうか、と思い起こす。それほどの腕ではなかったし、こちらがけがまで負わせたのだから、おそらくお払い箱になっているだろう……。そう考えながら、門へと寄って行く。と、その足を止め、あわてて向きを変えた。門が動いたのだ。

開いた門から二人の人影が現れた。

門から離れ、加門は手拭いの下からそちらを探った。二人は門倉家の長男長之助（ちょうのすけ）と力之助だ。

連れ立って歩きはじめたそのうしろから、加門は間合いを取って続いた。

長之助はちらりとこちらを振り返ったが、気に留めることもなく、弟に向いた。

「今度の男は本当に腕が立つのだろうな」

「ええ、香取神道流の達人だということです」

「しかし、これまでも、達人だの免許皆伝だのという触れ込みで騙されたではないか。実戦になれば、あっけなくやられてあのざまだ」

「それは、確かに……いや、相手の言うことを真に受けたのが失敗でした。ですから、今度は念を入れたのです。人に紹介を受けたのですから、確かです」

「本当か、どうも安心できん。そもそも、あの宮地加門とかいう若造、思いの外、強いのではないのか」

加門は息を呑む。さらに間合いをとろうかと思うが、これ以上離れると声が聞こえなくなる。

力之助が首をかしげるように振った。

「御庭番ごときがそれほどの腕とは思いませんがね。まあ、とにかく我らの目でその男の腕前を見てみましょう。今度こそ仕留めなければ、父上に合わす顔がない。我々の面子が立ちませんからね」

「ふむ、まったくくだ」

二人の足が速まり、まっすぐに進んで行く。

加門はそっと離れて、角を曲がった。

神田の町に戻って、にぎわいに身を置くと、加門はほっと息を吐いた。肩の力が抜けて、自然に手の籠が前後に揺れる。

あ、そうだ、と独りごちて、加門は足を大川の方向へ向けた。先日、芳乃らと両国橋広小路に行ったときのことが頭をよぎったのだ。

手にした籠の中を覗き込む。五つのゆで卵を入れておいたのだが、二つは売れて、三つ残っている。

加門は橋詰めの人混みの中に入ると、顔を巡らせた。

いた、とつぶやいてそちらに向かう。

地面に腰を下ろした親子連れの姿が向かう先にあった。親といっても、二十一、二歳であろう娘のような母親だ。横に三歳ほどの男の子と背中に乳飲み子を負っている。足元に小さな桶があり、そこにどこからか採って来たらしい海ほおずきを入れて売っているのだ。三人の細い手足は、困窮を物語っている。

父親がいないのか、病にでも伏しているのか……。先日もそう忖度しながら、加門は海ほおずきをあるだけ買った。御用屋敷の子らにあげるがいい、と芳乃と千秋に渡したのだ。

御用屋敷と城の往復ばかりだと、町方の暮らしに触れる機会はあまりない。町暮らしをはじめてから、知らなかったことをたくさん目にするようになった。面白いことには目を瞠るが、そうでないこともまた多い。町方の貧しい暮らしを見ると、いつまでも目の底に残ってしまう。

親子の前で立ち止まると、加門はしゃがんで向き合った。

「海ほおずきをもらおうか、あるだけくれ」

はい、とかすれ声ながらうれしそうに、若い母親はほおずきを経木(きょうぎ)に包む。加門は小銭を渡すと、その手を籠に移した。ゆで卵三つを取り出して、子供と母親に差し出す。

「売れ残ったから、食べてくれ」

そう言って立ち上がった。

「けど、あの……」

見上げる母親に、加門は小さく手を振って歩き出した。

二

開け放った家の戸口に背を向けて、加門は小刀を回していた。半分に割った胡桃(くるみ)の中身を掻(か)き出し、中を空洞にする。

気を引き締めなければ……。

門倉兄弟のやりとりを思い出しながら、胸の内で繰り返していた。

小さな紙袋を開くと、そこに匙を入れて中身を掬い出した。吹き込んで来る風に飛ばされないように、背中を丸める。掬ったのは薬種問屋で買った辛子粉だ。それを胡桃の殻にそっと入れる。

そうだ、これもいいかもしれない……。そうつぶやくと別の小袋も開ける。唐辛子の赤い粉が入っている。

それらを胡桃の殻に入れると、糊(のり)をつけて殻を丸く付け合わせた。よし、と加門はそれを指で回す。

同じ物をいくつか作ると、そっと盆の上に並べた。ほっと息を吐く。

さて、次は、と加門は薬研(やげん)を引き寄せた。干したたんぽぽの根を入れて、薬研車で擦りはじめる。ごっごっという根の砕ける感触が手に伝わって来た。それに熱中していると「ごめんなさいよ」という声が飛び込んで来た。

戸口から笑顔で入って来たのは、大工の棟梁安吉だ。

「あ、これは……」

立とうとする加門を手で制して、安吉は勝手に上がり込んで来た。

「お邪魔しますよ、いやなに、こいつを食べてもらおうと思ってね」

風呂敷を解いて、瓜(うり)をごろごろと出す。

「瓜ですか、これはありがたい」

「へい、お礼でさ。お松から聞いたんですが、娘に薬をくださったそうで」

「いや、薬というほどのものではありません、薬味なんです。冷えがよくなるように、身体が温まる物を合わせて作ってみただけで」

「ええ、ええ、それがありがたいって話でさ。お梅のやつはそれから毎日、豆腐だの漬け物だの、なんにでもかけてるそうで、そしたら、身体がぽかぽかあったまってきたってえじゃねえですか。そりゃ、喜んでやした」

「え、そうですか。それはよかった」

へい、と安吉はにこにこ笑う。

「これで子もできるかもしれねえって、お松もお梅も喜んでましてね、そうなったら、加門さんには瓜どころか宝船でも持って来なけりゃなんねえ」

「あ、いや、それは……」

加門は口ごもる。多少、身体が温まったからといって、懐妊するとは限らない。期待が大きければ失望もまた大きくなることを思うと、心配になった。安吉はそれを察したかのように、膝を叩いた。

「まあ、子ができるかどうかは、運次第だろうからかまわねえんでさ。ただ、二人がうれしそうにしてるだけでもありがてえ。うじうじと辛気臭くされるのはたまらねえんでね、いや、ありがとさんです」

「ああ、いえ」加門は首を振る。

「こちらこそ、皆さんにいろいろと教えてもらったうえに、木材までたくさん頂いてしまって、ありがたく思ってるんです」

「なに、そんなこと」

安吉は家の中を見まわしながら立ち上がる。

「うちのやつらに聞きましたぜ、仕掛けを作りたいそうで」

「あ、いえ、この家ではなく、知り合いの家で……ええ、もう作ったそうです」

加門もあわてて立つ。何箇所か、仕掛けを作ったのがわかってしまうかもしれない、と思うと、はらはらする。

安吉は窓だの、台所だのを勝手に見て回る。

「古いがなかなかいい造りだ……どこか直すようなとこはねえんですかい」

安吉の言葉に加門は、はたと入り口の戸に付いた落とし鍵をみた。戸の内側に付けた小さな棒を下に落として、外枠の穴にはめ込む鍵だ。最近、棒を支えている木の枠がぐらついているのが気になっていた。だが、それを見つつ、あれくらいなら自分で直せる、と独りごちた。

安吉が上を見た。

「二階もあるんでやすね」

そう言い終わらないうちに勝手に上がって行く。

あ、と加門も急いで続く。まいったな、家を見ると、なにかしないではいられないのか……。そう口中でつぶやきつつ、階段を上がる。と、途中で止まった安吉の足に、加門はぶつかりそうになった。

見上げると、安吉は上がり口の柵と扉を見つめている。

「こりゃ、ここを塞ぐようにする戸ですかい」

安吉はそれを触りながら、再び階段を上がった。

加門は隣に立つと、安吉の気を逸らして部屋へ誘導しようと奥を指差した。

「あ、そうだ、そういえば窓枠ががたついているんです」

が、安吉はそれに応えずに、柵と戸を触っている。手がコの字型の金具をつかみ、それを抜こうとしはじめた。きつく嵌め込んであるので、ゆっくりとしか動かない。

そのようすを見ながら、加門は腹を括って笑顔になった。

「いやぁ、最近はなにかと物騒ですからね、そら、二階には刀をしまっておくので、用心のために付けたんです」

「へい、なるほど。こいつを外すと戸が下りる仕組みですかい」

安吉は金具を動かす手を途中で止めると、加門を振り返った。

「これだと面倒でやしょ、大工道具はありやすか」

「ああ、はい」

加門は下から道具箱を持ってくる。安吉は中からいろいろな物を取り出すと、金槌を手に柱に向かった。

「ちょうどいい金具があった。これを付けやしょう」

小さなコの字型の金具をためらいもなく柱の上部に打ち付ける。さらに、もう一つを開け閉めする戸に打ち付けた。

「加門さん、麻縄はありますかい」

はい、とまた下から持ってくる。

安吉は縄を戸の金具に結ぶと、柱の金具に通し、柵の枠へと導いた。木枠にひと巡り回して、その下の木にぐるぐると巻き付けると、ぎゅっと結んだ。

「そら、こうしておけば、縄を弛めるだけで閉められまさ。持ち上げるときも手間はかかりませんや、縄を引っ張りゃあいいんだ」

「ほう、なるほど」

加門は縄の仕組みを見て、大きく頷く。安吉は満足げに笑うと、

「で、あとはなんでやす、窓枠ですかい」

そう言って、道具箱を抱えて部屋へと移る。

「はい、その窓です、開け閉めするときにつっかかるんです」

加門は素直に窓へと導いて行った。


江戸城、西の丸。

加門は風呂敷包みを下げて、中奥へと向かった。

昨日、安吉が帰ったあとに、加門は中断したたんぽぽの根のすりつぶしを再開した。それを干したはこべといっしょに包んで、持って来たのだ。以前に渡したお幸の方の煎じ薬が、もうなくなる頃だった。

「お小姓の田沼意次様にお取り次ぎを」

「はっ、お待ちを」

加門が将軍の供として来て以来、玄関番は低姿勢になった。

軽やかな足音が廊下の奥から伝わってくる。

「おう、加門」

現れた意次に、加門は包みを差し出すと、小声で言った。

「お幸の方様の煎じ薬を持って来たのだ。御ようすはいかがか」

「うむ」と意次も抑えた声で答える。

「出がよくなられたと仰せだ」

乳という言葉を差し控えて、意次は頷く。

「そうか、よかった、ではこれで」

一歩下がろうとする加門の袖を、意次は引いた。

「待て、ちょうどよかった、そなた、明日は空いておるか」

「明日……午前は医学所に行くが、午後は空いている」

「そうか、ならば、わたしを連れて行ってくれ」

意次のささやき声に、「どこに」と訊き返そうとしたが、加門はすぐに得心した。

「中屋敷か」

うむ、と意次は目で頷く。

「明日は非番なのだ、午後、またそなたの家に行く、それでよいか」

頷きかけて、加門は首を横に振った。

「いや、わたしがそなたの屋敷に迎えに行こう。そのほうが先方に近い」

加門のささやきに、意次が目顔で頷くと、

「では、この薬、確かにお渡しいたす」

と声を常に戻して答える。

「お願いいたします」

加門も張りのある声で返すと、くるりと踵を返した。

三

麴町の坂を上り、二人は尾張藩中屋敷の門をくぐった。

出て来た水谷宇左右衛門は、意次を見て、おやと首をかしげる。加門はにこりと笑って、意次を手で差した。

「この者は幼馴染みでして、実は先日、水谷様に教えていただいた築地の尾張屋にいっしょに行ったのです」

加門が言うと、意次は頭を下げて偽名を名乗った。

「村田龍之介と申す部屋住みです。加門から水谷様のお話を聞きまして、ぜひ、わたしも貴重なお話を拝聴したいと思い、付いて参りました」

意次の幼名龍助をひねったな、と加門はその横顔を見た。

水谷とこのような関わりを持つのならば、自分も偽名を使えばよかった、と加門は改めて思う。が後の祭りだ。まあ、役を知られても庭掃除をする小役人と思われるだけであろうから障りはあるまい、と心中で苦笑する。が、意次は西の丸の小姓であるのだから、知られてはまずい。

意次は手にしていた酒徳利を両手に掲げて、

「わたしもぜひ一献、と思いまして」

と、微笑む。宇左右衛門も笑顔になって、長屋の戸を開ける。

「おう、そういうことであれば、遠慮はいらん、ささ、入りなされ」

宇左右衛門は藁で編んだ敷物を並べる。

加門は懐から塩豆を出しながら、

「尾張屋では煮酢和えや八寸煮を食べましたよ、味わい深いものですね」

と、宇左右衛門に笑いかける。

「おお、そうであろう、煮酢和えは馴れれば好きになるのだ、酒にも合うしな」

宇左右衛門は茶碗を並べる。最初は盃を出していたのだが、二回目からは茶碗に変わっていた。いかにも酒好きらしい。

出された小皿に塩豆を移す加門の横で、意次はさっそく酒を注ぎながら、宇左右衛門に笑顔を向ける。

「尾張屋の主に聞いたのですが、名古屋は大層な繁栄だそうですね」

「おうおう、そのとおりよ……」

宇左右衛門は酒を含みながら、加門にも話したことを繰り返す。

意次は頷きながら、

「尾張では四公六民を保たれていると聞いていますが」

と問うた。

四公六民は租税の配分だ。江戸では長いあいだ、収穫した米の四割を税として納めさせ、六割を農民のものとしていた。が、吉宗が将軍に就いた頃には、世の中の景気はすっかり悪くなっていた。繰り返される天災に行政が対応しきれず、経済が悪化していたのだ。そこで行われたのが享保の改革だった。松平乗邑が主導して、農民に納めさせる税率を引き上げたのである。それが四割の納税を五割に引き上げる五公五民への変更だった。しかし、尾張藩主の宗春は、民の納税率を上げずに、四公六民を貫いていた。

「うむ、そうよ」宇左右衛門は胸を張る。

「殿は民から搾り取ることなど、お考えにはならなかったのだ。慈悲深いお方であるからな」

「ほお、それでも国を繁栄をさせるというのは、みごとな手腕ですね」

感心する意次に、宇左右衛門はますます胸を反らす。

「うむ、それこそが藩主の政というものよ。芝居小屋や遊郭を増やしたのも、ただ楽しみを増やすだけではない。人が集まれば、銭も集まるという仕組みを踏まえてのことと、我らは思うておる。それまでやめていた六斎市も頻繁に開かせてな、景気を引き上げたのだ」

六斎市は月に六日、開かれる市だ。が、倹約令の触れが出たせいで、各地でその回数が減らされていた。

「なるほど、市が開かれれば人も物も集まる、そして銭も回る、ということですね」

意次の言葉に、宇左右衛門はしたりと手を打つ。

「そういうことだ、殿は名古屋だけでなく、山や海の村でも市を開かせてな、銭を巡らせて尾張中を豊かにしたのだ。村田殿といったか、そのほうは若い身ながら腹が据わっておるな。武士は銭という言葉を口にするのも憚るものだが」

「いえ」意次は照れた笑いを見せる。

「世の仕組みを学んでいるところです。米の値段は不安定ですから、銭をもっと流れるようにしたほうがよいのかもしれません。その点、尾張の施政は得るところが多い、と感じているものですから、こうしてお話を伺いに参りました。勉強になります」

「うむ、そうかそうか、いや、わたしが偉いのではない、殿がお偉いのだ」

宇左右衛門は上機嫌で酒を口に運ぶ。

加門は塩豆を囓りながら、宇左右衛門のほころんだ顔に笑いかけた。

「やはりお殿様の御意向が、国を左右するんですね。お考えを記された『温知政要』、ますます読みたくなってきました。水谷様、覚えておられるところを教えてくださいませんか」

「おう、それはぜひにも」

意次も頷く。

ふむ、と宇左右衛門は若い二人を交互に見た。

「聞かせるだけなら、障りはあるまい。『温知政要』は二十一条あるのだが、では、わたしの好きな行を二、三、語ってしんぜよう」

宇左右衛門は咳払いすると、大きく口を開いた。

「第一条、人の暮らしは楽しみが大事、大いなる慈しみと寛容の心を持って、仁徳ある政をすべし、第八条、法度規則は必要のある最低限でよい、規則は少ないほうが、人は守ろうとするものである、第十六条、失敗を怖れたり咎めたりしてはならぬ、大器量の者とても若い頃には失敗することもあるのだ」

へえ、と加門と意次は顔を見合わせた。

「よい教えですね」

加門は意外な気持ちを呑み込みながら言った。当たり障りのないものを選んだのだろうが、公儀を怒らせるような勢いは感じられない。意次もやや首をかしげて言う。

「よき心を持て、と言っておられるように感じますね」

「うむ、そのとおり」宇左右衛門は膝を打つ。

「殿は慈愛と仁、忍を重んじられておるのだ、こういうのもあるぞ、第十七条、人の命は一度失えば取り戻せぬもの、かけがえのないものゆえ、常日頃から大事にせよ、とな」

「へえ」

若い二人が声を揃える。

「いや、貴重なお話が聞けました」

加門の言葉に意次も続ける。

「ええ、来た甲斐がありました」

いやなに、と宇左右衛門は頭を掻く。

「殿のお心は我らの誇りだ」

加門は礼のつもりで、

「よいお殿様であられるのですから、お国もまた栄えることでしょう」

と愛想よく言った。が、宇左右衛門の顔が曇る。

「ううむ、まあ、それはいささか……難しいかもしれん、尾張の内の采配だけではすまぬようになりそうでな」

「は、それはなぜですか」

意次が身を乗り出すと、宇左右衛門はくいと酒を流し込んで首を振った。

「実は、幕臣の石子様が御出世なさるという噂があってな、そうなると、尾張藩御附家老の武越様も厳しくなられるかもしれんのだ」

酔いの回った宇左右衛門に、加門はそれを覚まさないように、穏やかに訊く。

「ええ、と、それはどういうことですか」

「うむ、石子様が御公儀の重臣になられれば、兄上にもなにかと進言されることになろう。武越様は冷静沈着な方であられるが、変わられるかもしれん」

「石子様と武越様は御兄弟、ということですか」

意次の問いに、宇左右衛門はぽんと頭を叩いて頷く。

「そうそう、そこからだな、話は。武越様と石子様は尾張の家老石塚家のお生まれでな、実の兄弟であられる。上の兵衛様は御附家老の武越家に養子に入られ、弟の貞勝様は旗本の石子家の養子になられた、というわけだ。武越様は尾張監察のためにずっと名古屋城におられるが、石子様は江戸で小普請奉行をされておる。優秀なお方であるのでな、来年にはさらに出世をされるはず、ともっぱらの噂なのだ」

「ほう、それは……」

「なるほど」加門をちらりと見る。

意次は加門も目で頷く。

「幕閣ともなれば、公儀の御意向に沿わぬ相手は、放置しておけないでしょうね。重臣となった弟君から直言されれば、御附家老の兄上も動かざるをえないでしょうし」

「そう、そのとおり、宮地殿、そなたも飲み込みが早いの」宇左右衛門は身体を揺らして頷く。

「それゆえ、国の先行きはわからんのだ、また栄華を取り戻せればいいのだがのう、どうなることであるか」

揺れる宇左右衛門を前に、二人はそっと目で頷き合った。


尾張藩邸を出て坂道を下りながら、意次は小さく振り返った。

「よいお人だな」

「ああ、嘘や飾りのない方だ。おかげでいろいろと聞けて助かっている」加門も振り返って微笑む。

「あんなふうに心の底から殿様を敬愛しているのも、うらやましいくらいだ」

「うむ、そうだな、まるで子供のようだが」意次も笑う。

「しかし、城中でも宗春公の話を聞いて回ったが、よい話ばかりではない。赤や金糸の着物を着たり、でかい被り物を頭に乗せたり、まるで傾き者のような形で市中を歩くこともよくなさったそうだ。どこまで真面目であられるのか、忖度できぬお方だな」

「そうなのか、それは町方は喜びそうだが、武士の目からみれば、不届きな痴れ者と映るかもしれないな」

「そうだな、しかし、商いと金銭を重んじるあたり、ものの見方に広さを感じるな。わたしも米だけを勘定の基にしていてはいけないのではないかと思うんだ。米は豊凶により、すぐに値が変動するからな」

意次は腕組みをして、空を見上げる。

享保十七年には、蝗の害で、米が大打撃を受けた。被害の大きかった西国では、餓死者が続出したほどだ。米の値が上がり、それにつれて世の中は大混乱に陥った。そのさなか、松平乗邑は江戸の米問屋高間伝兵衛に命じて、大坂の米を買い集めさせた。

まず、公儀に必要な米を押さえるためだ。が、それによってますます米の値は上がり、人々の怨みは高間伝兵衛に向いた。翌年、高間の米問屋は、押し寄せた人々によって打ち壊された。そしてその二ヶ月後には、松平乗邑の屋敷から火が出て、全焼したのである。

加門は意次の横顔を見る。

「なるほど、だから、租税を上げずに繁栄した尾張の仕組みを知りたかったのか」

「ああ、武家は銭を卑しいもののように扱うが、侮るべきではない、とわたしは思っている。有意義な使い方があるはずだ」

「ふむ、確かに武士は商いと銭を見下すな。武士は結局、銭に負けているから、くやしいのだろう」

「負けている、とは、どういうことだ」

意次の不思議そうな顔に、加門は肩をすくめる。

「禄の多い武家はそんな苦労はないだろうが、大した禄をもらっていない武士は、いただいた米を金銭に換えて、必死でやりくりをしているだろう。足りずに借りる家だって少なくはない。うちもそうだ。商人から銭を受け取る、借りる、と……そうなれば銭や商人に頭を下げるようなものだ、誇りを傷つけられてくやしいことだろうよ」

「なるほど、侮られたから侮り返す、という心情はわかるな」

「そうだろう」

頷く加門の肩を、意次はぽんと叩く。

「よし、うちに寄って夕餉を食べていけ、いろいろと話そう。石子様という御仁のこともあるし、相談しよう」

「相談とは、要するにわたしに探れということだろう」

加門の言葉に、意次は一瞬、真顔になってすぐに笑いに変えた。

「そうだ、加門殿は呑み込みが早い」

「茶化すな、こっちはひと仕事増えるんだ」

そう言いつつ笑う加門の腕を引っ張って、意次は屋敷のほうへと辻を曲がった。

四

溜池の畔で、加門は立ち止まった。

股引に尻ばしょりという町人姿で、背には紺木綿で包んだ箱を負っている。箱の中には筆や墨が入っている。筆墨売りの形だ。

加門は胸元の風呂敷の結び目を解くと、荷物を下に置いた。いかにもしばしの休みを得ているかのように、手足を伸ばしてみたりする。同時に、目は左の橋を捉えていた。溜池から流れている細い川に架かる橋を、下城してくる人々が通るのだ。その先は緩やかな勾配のある高台になり、武家屋敷が並ぶ。

加門は先ほど通って来た屋敷町を見上げた。そのうちの一軒が石子貞勝の屋敷だ。昨日も訪れたのだが、非番であったらしく、出入りは見られなかった。

だとすれば、今日は通るはず……。加門は城の方向を横目で見る。石子の顔を確かめておきたい。

旗本とわかる一行が、橋を渡ってくる。

加門は横目で羽織の家紋を確かめた。違う、とつぶやいて、加門は目をそらせた。石子家の家紋は丸に井桁だ。

次々に通り過ぎて行く武士の一行を、加門はしゃがんで煙管を咥えながらひそかに目で追った。と、その目が留まった。丸に井桁だ。

橋を渡って、今、目の前を通り過ぎようとしている。

瓜実顔だが血色はよく、細い眼にも力がある。鼻は細く、唇も薄めだが赤い。その顔を目に焼き付けて、加門はうしろ姿を見送った。踏みしめるような歩き方に癖がある。

坂を上りはじめたのを見て、加門はそっと立ち上がる。

ゆっくりと一行のあとを付けた。

坂を登り切る手前で、右に曲がった。

先ほど通って来た石子家の屋敷に入って行く。

よし、間違いない、と加門は拳を握りしめた。


御用屋敷に戻ると、加門は筆墨売りの装束をといた。着物も筆墨の箱も、もともと家にあったものだ。納戸にはさまざまな変装道具がしまわれている。

髪を解いていると、芳乃の声が廊下からかかった。

「兄上、お着替えはすみましたか」

「ああ、すんだ」

では、と芳乃が入って来る。

「御髪（おぐし）を直されるのでしょう、わたくしがやります」

櫛（くし）を手にしていそいそと背後に立つ。

御庭番はいつどこででも姿を変えられるように、髷の作り変えなど自分でできる。

「いや、自分で……」

そう加門が言いかける前に、すでに芳乃は髪を櫛で梳(す)いていた。

まあいいか、とその手に任せて、加門は座っていた。

「夕餉を召し上がっていかれるのでしょう、母上ががんもどきを煮るそうですよ」

「いや、帰る、明日も医学所に行かねばならんからな」

まあ、と芳乃はぐいと髷の元結(もとゆ)いを結んだ。

「では、母上にお伝えしてきます。がっかりしますよ、きっと」

ぱたぱたと遠のく足音を聞きながら、加門は立ち上がった。


御用屋敷のある外桜田は、堀を渡ればすぐに町だ。

橋を渡って町に入ると、前から手を振って、男が近づいて来た。村垣家の三代目、吉翁(きちおう)の孫である清之介(せいのすけ)だ。加門より一歳上の幼馴染みであり、同じく御庭番の見習いをしている。

「よう、加門」

にこにこ笑って、清之介は手にしていた風呂敷包みを振った。

「古着屋に行って来たんだ、出物があってな……」

話し出す清之介に、へえ、と加門も相づちを打つ。

他愛もない立ち話をする二人の前を、人々が通り過ぎて行く。日本橋へと続くこの道は、人通りが多い。

「あ」と加門の声が洩れた。

目の前を過ぎた姿は、先ほど確かめたばかりの顔だ。

石子貞勝……。加門はその背中を目で追う。着物は替わっているし、供は中間一人だけになっている。が、顔だけでなく、目に焼き付けた歩き方も、やはり先ほど見たばかりの石子だ。

見開く加門の目に、清之介はなにかが起きたらしいことを察し、目顔でどうしたと問う。

「すまん、用事ができた」

と言って、加門は歩き出した。

人混みの中、石子の背中を追う。海のほうへと、歩いて行く。

空は黄昏の色に変わりつつある。

目の先に本願寺の大屋根が見えてきた。築地だ。

本願寺の周囲には、大きな武家屋敷が多い。大名の中屋敷や下屋敷も多く建てられている。

そして、それを取り囲むように町がある。

武家屋敷の集まる一画と町人が暮らす町は、はっきりと区切られている。武家屋敷の土地には町名がない。その代わりに屋敷の主の名は切絵図に細かく記される。逆に町は町名だけで、個々の名などは切絵図に記されない。武家屋敷は広大だが、町屋はあまりにも小さく込み入っているために、記しようがないのだ。

石子は武家屋敷を通り過ぎた。その先の海のほうへと歩き続ける。

加門は石子を見失わないように追う。

相手は町へと入って行った。その先は海という、水際の町だ。その歩みはある一軒の家を目指しているのが窺えた。

大きな構えの家だ。町屋とはいえ、その造りはほとんど屋敷と変わらない。町人は武家屋敷のような門を構えることは禁じられているから門はないが、大きな格子の戸がある。石子はそれを押して、中へと入って行った。戸口までは石が敷かれ、その上には形のよい松の枝が伸びている。

誰の屋敷なんだろう……。加門はうしろに下がって、周囲を見渡した。屋敷は板塀に取り囲まれていて、それがずっと奥まで続いている。反対側の道までが、庭になっているのだろう。屋敷の両側は大店（おおだな）や立派な家が並んでいる。

加門は並んだ町屋をぐるりと回り込んで、裏側へと向かった。裏の板塀には小さな勝手戸がある。そっと手を当てて押してみると動き、鍵はかけられていないのがわかった。

加門は再び、表に回ってみることにした。

あっと息を呑む。

向こうから道をやって来る武士がいた。加門に刺客を送った旗本の門倉だ。

素早く路地に身を隠し、加門はその姿を注視した。

門倉も格子戸を開けて、中へ入って行く。

どういうことだ……。加門は路地から足を踏み出した。が、すぐにその足を止めた。踵を返すと、あわてて路地へと飛び込む。また人がやって来たのだ。その姿には見覚えがある。

加門はそっと片目を出して、その人物を見つめた。城の中で何度も見た顔に間違いない。

松平乗邑。老中首座であり勝手掛に任命された重鎮（じゅうちん）……。

目を見開いて、加門はその姿を追う。乗邑もやはり、同じ格子戸を押し開けた。

ごくりと唾を呑む音を、加門は自分で聞いていた。手がぐっと拳を握る。大きく息を吸うと、加門はそっと路地から出た。先ほどの道をたどって、また裏へと回る。

加門は屋敷の屋根を見上げた。

この中に、あの人々がいるのだ……。そう考えると、額に汗が滲んでくる。ぐっと拳を握ると、その手を上げた。

勝手戸をそっと押してみる。

裏庭には人の気配はない。が、その先の台所らしい窓からは、料理を作っているらしい声や音が聞こえて来る。

庭の木陰に身を潜ませて、加門はそっと台所のうしろを回り込んだ。

おそらく人々は、客間に集まっているに違いない。

乗邑さえ来ているのだから、南向きの最上の部屋だろう……。そう踏んで、南側へと足を忍ばせていく。

南の部屋が明るい。灯りをたくさん置いているのだろう、開け放した縁側から、光が夕暮れの庭に放たれている。

加門はしゃがんで、縁側の下へと身を入れた。

そのかがんだ姿勢で、そっと南のほうへ進んで行く。

部屋の手前辺り、と思われる場所で加門は動きを止めた。縁の下とはいえ、あまり近づきすぎると、気配に気づかれる怖れがある。

息をひそめて、加門は耳を上に向けた。人の声が、伝わって来る。

一人、二人、三人、四人、五人……。加門は声音を聞きわけて人数を数える。乗邑と門倉の声はわかる。あとは石子と、もう二人、知らない者の声のはずだ。

「いや、しかし、勝手掛となられたのですから、もう施政は首座様の手中と言っても過言ではありませぬな」

誰かの声。

「いやまだまだ」乗邑の声だ。

「上様が御側御用人(おそばごようにん)を重用されておられる限り、老中は二番手に過ぎぬ」

吉宗は信頼の置ける者らを御側御用人とし、第一の臣下として重んじている。老中らはしばしば御側御用人と対立し、乗邑は不満の色を隠さない。

「御側御用人が廃されれば、いろいろと変わりましょうな」

門倉の声だ。

「いや、それよりも御側御用人になられたほうが、話は速やかかと思いますがな」

「ほう、さすが石子殿」

加門は耳を立てる。石子の声がわかった。

「それも叶(かな)うことになりましょう、次期将軍のお心一つですからな」

また別の声だ。

くく、と笑うような響きがかすかに伝わって来た。

そうか、と加門は息を呑む。

吉宗が将軍でいる限り、乗邑は老中以上にはなれない。そして、老中の上には目障りな御側御用人がいるのだ。だが、もし宗武が将軍になれば、うしろ盾となった乗邑が御側御用人として重用されることになるだろう。

そう思い至ると、一連の動きが腑(ふ)に落ちた。

加門は洩れかかった息を押さえる。と、耳をもっと近くに傾けた。

他にも人がいる。座敷ではなく、縁側に一人、加門から近い場所に座っている気配が察せられた。誰かの家臣か、それとも護衛か……。

「それがし、お申し付けのとおり、これまでの御法度を調べておりますが、なかなかの量でございます」

石子の声に、

「うむ、御苦労」乗邑が答える。

「法度を破った者がどのような沙汰を受けたのかも、逐一、調べるのだぞ。わたしはかねがね法を整えねばならんと考えておるのだ。そのほうを来年は町奉行にいたすゆえ、それまでにその仕事、進めておけ」

「ははっ」

石子の声が高まる。

なるほど、と加門は宇左右衛門の言葉を思い出した。石子様が来年には出世しそうだ、と言っていたのはこのことか、と腑に落ちる。石子が兄に言い、兄が身内に言い、そこから外へと噂が広まった、という流れだろう。

加門ははっと、息を止めた。

縁側の気配が動くのがわかった。立ち上がったようだ。

まさか、気づかれたか……。加門は身を固くする。

縁側を踏む足が、上を通過する。しばらく進んで、足音が沓脱石を経て下に下りた。

足が庭を歩くのが見える。

加門は息を殺す。

足はこちらに近づいて来た。と、止まった。

加門は息を止める。

足の上から、上体が曲げられて、顔が下りて来た。こちらを覗く。

徒目付の田巻だ。

互いの目が、薄闇の中で見開く。

しまった……。加門はすぐさま、外に転がり出た。そして、飛び起きる。

「こやつ」

田巻が刀を抜く。

加門も白刃を抜いた。

向かい合って、互いに睨み合う。

じりじりと足をずらしながら、加門は瞬時に考えを巡らせる。おそらく田巻は、他家を訪れることのできない主の代わりに、会合の話を聞きに来たのだろう。人々の護衛も兼ねていたかもしれない。そして、縁の下の気配に気づいた……。

「なんだ」

座敷から声が上がる。

「なにごとか」

声とともに、人々も出て来る。

「あっ」

門倉が加門の顔を見て声を上げた。

門倉と加門は、以前、顔を合わせている。

「この者、御庭番です」

門倉の言葉に、

「なにっ」

と、皆の声が揃った。

加門は素早く眼(まなこ)をそちらに動かし、居並ぶ男達を見た。

石子、乗邑、見知らぬ者、門倉、そして見知らぬ者。

「斬り捨てますか」

田巻がじりりと間合いを詰めながら、縁側の者らに問う。

「しかし、御庭番となると上様の……」

戸惑う高い声に、別のかすれ声が、

「なに、海に捨ててしまえば、誰の仕業かわからん。御庭番など使い捨てなのだ」

笑いを含んで言う。

「待て」

一歩、進み出たのは乗邑だった。

「そなた、名はなんと申す」

顎を上げて見下ろす乗邑に向かって、加門は大きく息を吸うと、

「宮地加門」

と、きっぱりと返した。

「ふん、まだ若いな」

乗邑は顎を上げて笑うと、田巻に言った。

「よい、捨て置け。幕臣が幕臣を斬るのはよくない」

「しかし」門倉も進み出る。

「このこと、上様に告げられたら……」

引きつった門倉の顔に、乗邑は笑いを放った。

「なあに、かまわん。このような鼠の言うことよりも、上様はわたしのほうを御信頼くださるに決まっておる」

不敵な笑みで、加門を見下ろす。

確かに、将軍の乗邑への信頼は篤い。それを実感したこともある。加門はそれを思い起こしながら、唇を噛んだ。

皆が眉間(みけん)にしわを刻んで加門を見下ろす。

が、乗邑は笑いを保ったまま、加門に顎をしゃくって見せた。

「行け、鼠は巣穴に戻るがいい」

くっと、唇を噛みながらも、加門は刀を納めた。田巻もそれに倣う。

「さあ、口直しでもしようではないか、気にするでない」

乗邑の笑い声を聞きながら、加門は踵を返す。

走るのはくやしい……。ゆっくりと踏みしめるように、加門は庭を出た。

五

戸口の落とし鍵を内側から下ろして、加門は家の裏口から出た。裏口の戸にも、これまでかけていなかった留め金を付けて閉める。そこから表に回るのがいつもの足取りだ。

が、道に出る前にその足を止めた。通りの向かいから、一人の男がこちらを窺っているのが見てとれたからだ。三十半ばくらいだろう、身なりの粗末さと月代(さかやき)のない髷の乱れから、ひと目で浪人とわかる。

門倉の放った刺客か……。先日のできごとが甦る。

もともと刺客を用意していた門倉のことだ。あの築地の屋敷の一件で、急ぎの必要を感じたとしても不思議はない。ああして他の人にも知れ渡った今、厄介な御庭番を消せば手柄になるはずだ……。そう考えると、加門の肩と腹に力がこもる。失態を帳消しにせねば、という気持ちも湧いてくる。

加門はそっとうしろに下がって、裏の道に出た。そのまま近くの神社の杜に入り、遠巻きに男の姿を見つめる。男は手にした小さな紙と家を見比べている。おそらく、この家の場所を絵図にして持たされたのだろう。

男は家に近寄って行くと中の気配を窺うようすを見せた。誰もいないと判断したらしく、戸に手をかける。がたがたと音を立てるが、動きはしない。手を離して、下がると、男は裏へと回って行った。

大胆なやつだ……。加門は木立の陰で独りごちると、神社の杜から出た。

江戸城の石垣に背を向けると、加門は御用屋敷への門をくぐった。御庭番十七家が暮らす屋敷だ。

庭から聞こえてくるかけ声に気がつき、加門はそちらに足を向けた。

村垣家の隠居である吉兵衛六助が、子供達を指導している。初代の御庭番であった吉兵衛は、代を息子に譲ったあと、指南役として皆にさまざまな術を教え、吉翁と呼ばれて慕われている。孫娘の千秋は、加門の妹芳乃と親しい。先日、千秋が持って来た仕掛け屋敷の図面は、もともとこの吉翁の持ち物だ。

吉翁は子供達に笹藪の上を跳ばせている。

「そら、足を高く上げろ」

加門も子供の頃に、同じ修練をさせられたのを思い出す。おかげで、塀に飛び上がるのも、高いところから飛び降りるのも怖くない。

見つめる加門に、吉翁が気がついた。

「ほう、加門、戻ったか」

「はい、お借りした図面をお返しに上がりました。ありがとうございました」

吉翁に寄って行くと、図面を受け取り、

「うむ、役に立ったか」

と、眼を細めた。

「はい、図面を見て、いくつか作ってみました」

「そうか、町中で暮らすのだから、用心したほうがいい。油断するでないぞ」

背中を叩く吉翁に、加門は改めて向き直る。

「あの、昔、不忘術を教えていただきましたよね」

「おお、そうだったのう」

不忘術は忍びや隠密にとって必要欠くべからざる秘術だ。見たもの、聞いたことなどを頭に刻み込み、忘れないようにする手段である。覚えやすいように、数を身体や食べ物に置き換えて覚える方法もある。上から頭が一、額が二、目が三と順番に即する覚え方、食べ物であれば芋が一、煮梅が二、三が山椒など、音につなげて記憶するやり方だ。見た図面、読んだ書状なども、そのまま脳裏に刻み込む修練を何度も繰り返し、不忘の術を磨くのである。

「長い文書でも、覚えることができるでしょうか」

「長いとは、どのくらいのものだ」

「まだ見たことがないのでわからないのですが、二十一条あって、一条はそれほど長くはなさそうなのです」

「ほう、それならば、一度読めば覚えられるであろう。とくに加門、そなたは昔から覚えがよかったではないか」

「ですが、その……」

加門は言いよどむ。御庭番の任務は、同役にも軽々に話してはいけない。が、吉翁であればよいだろう、と加門は肚を決めた。

「文言を正確に覚えなくてならないのです。西の丸様がお読みになりたいと仰せの本なので」

家重様か、と吉翁はつぶやく。

「ふむ、それは確かに間違えることはできぬな」

「はい、持ち出すことはできないので、盗み読むのがせいぜいだと思います。なにかよい方法はないでしょうか」

「そうさな、では、つまんで書き写すといい」

「つまむ、とは」

「よいか、たとえばいろは四十七文字を、頭から最後まで覚えるとしよう。最初にいろ、と書くのだ。次にほへと書き、次はぬる、そして、たれ、というふうに、流れに沿ってところどころを書き写すのだ。いろはにほへとちりぬるをわかよたれそ、と全部を頭に入れながらな。あとで、その書き取りを見れば、流れの通り、思い出すことができよう」

「なるほど」

「紙一枚あれば写せるであろう。人に見られても、意味はわからんしな」

にやりと笑う吉翁に、加門は姿勢を正した。

「ありがとうございます」

ああ、よい、と吉翁は手を振る。

踵を返した加門は、あっと足を止めた。ずっとそこにいたらしい千秋が、走り寄って来る。

「加門様、おいでだったのですね」

「ええ、このあいだ持って来てくれた図面をお返しに。ありがとう、助かりました」

「まあ、よかった、ほかにもわたくしにできることがあったら、いつでも言ってくださいませね」

千秋はにこやかに笑う。千秋は女の身でありながら、祖父の吉翁から変装術や変声術などを学んでいる。術の習得が面白くてたまらないという娘だ。実際、それを武器に助けてもらったこともあった。

「いや、当面は……」

苦笑していると、別の娘の姿が現れた。妹の芳乃だ。

「まあ、兄上のお声がすると思ったら、やっぱり。うちに来るよりも先に千秋さんの所に行くなんて、どういうことでしょう」

口を尖らせる芳乃に、加門は慌てて手を振る。

「いや、そうではない、吉翁に教えを乞いに来たのだ」

その狼狽振りに、芳乃はぷっと吹き出す。

「わかっております、図面をお返ししたのでしょう。さ、うちにも寄ってくださいな、母上が喜ばれますよ」

「ああ、いや、城に上がって父上にお会いしたいのだ」

あら、と芳乃は肩をすくめる。

「父上は非番で家におられます」

「ええ」千秋も頷く。

「先ほど、お庭の手入れをなさっておいででした」

そうか、と加門は家へと歩き出した。その背中に、千秋の声がかかる。

「加門様、またお伺いいたしますね」

「ああ」と小さく振り返る。また芳乃と遊びに来るつもりらしい、まあいいか、と笑って頷いた。

「戻りました」

加門は家へと上がった。

「父上」

奥の間にいる父の友右衛門に、加門は廊下の手前から声をかけた。

「なんだ、加門か」

出て来た父に、加門は「はい」と小部屋を指さす。その部屋に薬棚があるのだ。

入って行く加門に父も続く。

宮地家は紀州にいた先代の頃から薬に精通してきた。祖父から父に、そして加門にと、薬について伝えて来ている。小さな引き出しが並んだ薬棚は江戸で買ったものだが、中には友右衛門の集めた薬がいろいろと納められている。

「なんだ、薬がほしいのか」

「はい、麻(あさ)はありますか」

薬名を記した文字を目で追いながら、加門が問うと、父は首を振った。

「麻か、今はないぞ。生薬屋で買えるであろう」

麻の実は麻子仁(ましにん)という生薬としても使われている。

「いえ、実ではなく、葉や茎がほしいのですが、どこに行けばあるでしょう、やはり山でしょうか」

なにをするつもりか、と父の顔が問うが、言葉には出さない。加門も目を逸らして、

「山か」

と、肩を落としてつぶやく。

「まあ、山に行けばあるだろうな」眉を寄せた父は、すぐにそれを開いた。

「いや、そうか、灯台下暗し(とうだいもとくら)とはこのことだ、あるぞ」

「どこにですか」

「お城だ、吹上にある」

「吹上の御庭ですか」

「ああ、以前に茂っているのを見たことがあるぞ、木立の中にあった」

「それならば、行ってみます」

加門は飛び出す。

「まあまあ」お茶を運んで来た母が、身を反らす。

「お茶くらいお飲みなさい、せわしない」

「すみません、また来ます」

振り向きながらも、加門の足は廊下を走っていた。

西の丸の奥にある吹上の庭は、多くの木々が豊かな緑を見せている。

かつては風雅な四阿(あずまや)が何軒も建てられていたのが、吉宗が将軍になってから、ぜいたくだということで壊したと聞いている。そして、実利を重んじる吉宗が新たに作らせたのが、薬園だった。さまざまな薬草を集めて、栽培するようになったのだ。宮地家もその手入れにしばしば加わっている。

夏の薬園はさまざまな草が繁茂している。手入れをする庭師達は、汗を拭くこともせずに、しゃがんで作業をしている。

「こんにちは」

加門の声に、庭師の寅七(とらしち)が顔を上げた。

「や、こりゃ宮地の若旦那、来なすったんで」

「ああ、暑いなか、難儀だね」

加門はしばしば薬園にやって来る。庭師と話をして、その口調や仕草を学び取るのも、一つの修養だ。御庭番の真の役目を知らない庭師達は、加門を庭掃除の小役人の見習いとしか見ていないため、気さくに話をする。

加門は辺りを見渡す。手入れの行き届いた畝(うね)に、草の葉が揺れている。その周囲に季節はずれのたんぽぽの黄色い花があるのを見て、ぽんと手を打った。そうか、ここのたんぽぽも使えるじゃないか……。

「寅七さん、あの辺のたんぽぽは抜かないでほしいんだが」

「へい、わかりやした。なんかに使うんですかい」

「ああ、あの根は薬になるんだ」

そう言いつつ、加門は奥へと歩き出す。

木立の中にあったという麻の茂みを探さねばならない。

頭上から降ってくる蟬(せみ)の声を聞きながら、加門は草をかき分けた。

鎌(かま)を手にした寅七が、不思議そうにこちらにやって来るのが見えた。

あ、あった、と加門は思わず声を上げた。尖った葉が円形に並ぶ麻の葉だ。その形の美しさから、家紋や模様にも使われている。

「なにを探しているんで」

寅七が寄って来て覗き込んだ。

「麻だ」

「へえ、実でも採るんですかい。去年、旦那に教えてもらって実を持って帰ったら、うちのかかぁに喜ばれましたぜ。ありゃ、けっこううまいもんですね」

「ああ、いや」加門は振り向くと、寅七の鎌を見た。

「それを貸してもらいたいんだが」

「へえ、ようがすよ」

差し出された鎌を手にして、長い茎の下から刈り取る。

「麻布でも織るんですかい」

面白そうに見る寅七に、加門は、

「ああ、そんなものだ」

と、笑ってみせる。

三本ほどを切って、加門はそれを並べた。が、はたと顔をしかめた。長い麻を抱えて城を出るわけにはいかない。城のものを無闇に持ち出すのは御法度だ。

「切るか」

鎌を振るって、茎を切ろうとするが、すべってうまくいかない。

「ああ、危ねえな」

寅七が手を出すと、加門の手から鎌を取り上げた。

「そりゃ、こうして切るんでさ」

すぱすぱと鎌を引く。

「ほう、大したものだ」

感心する加門に、寅七はへへと笑って見せた。が、

「で、どうするんです、持って行くんですか」

そう言って、短くはなったが、本数が大幅に増えた茎を指さす。これはこれで目立ちそうだ。

ううむ、と腕を組む加門に、寅七が胸を叩いた。

「ようがす、あっしが持って出やしょう。刈り取ってごみになっちまったもんは籠に入れて城を出ますから、そのなかにこいつを混ぜやしょう。旦那はお堀の外で待っていてくだせえ」

「ああ、それはありがたい」

加門は笑顔になって礼をした。

六

加門は明け六つ（六時）前から竈の前に立っていた。

釜の中では麻が煮立っている。その蒸気から、思わず身を引く。熱さのためだけではない。先ほどから覗いていたら、頭がふらふらとしてきたためだ。

麻酔(あさよ)い、という言葉を思い出して、これか、と得心した。麻布を作る職人は、麻をゆでている途中で、くらくらとするという。

加門は息を止めて、中をかきまわす。煮立てて、煮汁を濃くしなければならない。中火に落とすと、離れて火を見守った。

明け六つの鐘が鳴りはじめた。

そのまましばらく煮詰めると、また覗く。煮汁はずいぶんと減ってきた。

もうしばし煮てから、加門は火を消した。

蓋をせずにこのまま置いておけば、さらに蒸発するはずだ。医学所から戻って来る頃には、ちょうどいい濃さになっているだろう。

さて、とつぶやくと、加門は身支度をはじめた。

医学所に将翁の声が響く。

加門はそれに耳を傾けながらも、時折、雑念が頭をかすめるのを止められないでいた。忍び込んだ屋敷での失態が、甦る。気配を消すことができなかったゆえに、田巻に気づかれたに違いない。

もう失敗はできない。これからすることは、落ち度なくやり遂げねばならないのだ……。そう思うと、喉に力が入る。

将翁の声が途切れた。

「では、今日はこれまでじゃ」

その言葉に、気の弛んだ弟子達のざわめきが起きる。

「どうしたんだ」

隣に座っていた正吾が加門を覗き込む。

「え」

「何度も溜息を吐いていたじゃないか」

「そうか」

自分では気づいていなかったことに狼狽する。

「なにか悩み事でもあるのか、相談に乗るぞ」

正吾の真剣な眼差しに、加門は笑って首を振る。が、すぐに、真顔になった。

「そうだな、正吾はなにか失敗したことはあるか」

正吾の目が丸くなり、それが笑いに変わった。

「なにを言うかと思えば……そんなのは、当たり前だろう。失敗なんぞ、しょっちゅうしているさ」

そうか、と加門にも笑いが移る。

「だが、失敗すると、次が怖くならないか」

「ふうむ、そうだな、またやらかすのではないか、と心配にはなるな。しかし、その緊張がいいのではないか」

「そうなのか」

ああ、と正吾は肩をすくめる。

「気を張って事に当たれば、手抜かりも減るだろう。油断して下手(へた)を打つよりは、いいと思うがな。まあ、気を張りすぎると、それも失敗を招くから、ほどほどの緊張がよし、というところか」

「なんだ、難しいじゃないか」

加門が眉を寄せると、正吾はまた笑顔になった。

「だから、何度も繰り返すことで、ほどほどが身についてくるのさ。最初からうまくなんかいくものか。力の入れすぎはよくないぞ」

ぽんぽんと加門の肩を叩く。

加門は苦笑しながらも、そうだな、と頷いた。

尾張藩中屋敷。

大小の酒徳利を手にした加門を見て、門番はまたかという顔をしながらも、水谷宇左右衛門に繋いでくれる。

「ほう、来なすったか」

宇左右衛門は酒徳利を見て、眼を細める。

「今日は目刺しも持って来ました」

からからに干した目刺しを出された皿に並べ、加門はずいと押した。

さっそく茶碗に酒を注ぎながら、宇左右衛門は眼を細める。

加門はゆっくりと酒を含みつつ微笑む。

「先日、お伺いした『温知政要』の内容ですが、感銘を受けたので、もっとお聞かせくださいませんか」

「ほう、そうか、では」

酒で喉を潤して、宇左右衛門は胸を張る。

「第十三条、先人の知恵は貴重なものである。いかようなことにおいても、学び、知ることが大切である」

「なるほど、それもまたよい教えですね」

「そうであろう、なにしろ殿はな……」

宇左右衛門はいつものように、殿をほめちぎる。

加門は相づちを打ちながら、宇左右衛門の茶碗に酒を注ぎ続けた。目刺しをつまみながら、宇左右衛門はごくりと喉を鳴らして酒を流し込む。

喉が充分に潤うと、宇左右衛門はまた胸を張った。

「では、第十八条もいこう。民の心を斟酌し、世の事情に通じるべし。それを踏まえて民を慈しむこと」

「へえ、それもまた慈しみ深いお言葉ですね」

加門はさらに酒を注ぐ。

宇左右衛門はそれを水のように飲み干した。目刺しのしょっぱさも、酒を進ませている。

加門は大徳利を振って、

「空になりました」

と、微笑み、もう一つの小徳利を開けた。

「今日は珍しい伊丹の酒をもらったので、持って来ました」

ほう、と宇左右衛門は身体を揺らしながら、膝を打つ。

「それは豪気、宮地殿は気前がよい」

宇左右衛門のろれつが怪しくなっている。

加門は唾を呑み込みながら、ささ、と小徳利を傾けた。

ふむ、と宇左右衛門はそれを流し込む。と、その顔を少し怪訝そうに傾けた。

「そうだ」加門はあわてて、懐から三角形に包んだ経木を出す。

「なめ味噌も買って来たんです。ここの味噌はうまいというので」

「ほう、味噌は名古屋がうまいがな」

そう言いつつ、砕いた大豆や麦の混じった味噌を、宇左右衛門は指で掬う。

「うむ、これも悪くない」

酒を呷る。

加門も味噌をなめながら、宇左右衛門を見つめた。ゆらり、と身体が揺れる。その揺れが次第に大きくなってゆく。

小徳利の酒には麻の煮汁を混ぜてある。眠気を誘う薬だ。

宇左右衛門は頭を振った。が、瞼が落ちていく。

その身体が大きく傾いたのを見て、加門は腕を差し出した。ぐらりときた身体を受け止めて、加門は抱え込んだ。そのままそっと、宇左右衛門の身体を畳の上に横たわらせる。仰向けになった顔から、いびきがもれた。

申し訳ない、とつぶやいて、加門は立ち上がる。

長屋を出ると、庭を歩き出した。目指すのは書庫だ。

周りから見えにくい縁側で、加門はそっと上に上がる。

人気(ひとけ)のないのを確かめながら、加門は素早く書庫へと忍び込んだ。

二十畳ほどの書庫には、棚が巡らされている。そして各棚に、書物が平積みになっている。

藩主の本なのだから、一番奥の一番高い場所に違いない……。そう定めて、奥へと行く。一本だけ、漆塗(うるしぬ)りの書棚があった。その上段に並べられた本を、次々に手に取っていく。

あった、と口中でつぶやく。『温知政要』と記されている。下にも同じものが三冊重ねられている。

よし、と加門はしゃがんだ。懐には筆入れと墨壺が一体になった矢立(やだ)てと、細い巻き紙が入っている。

これを写せばいい……。そう思いながらも、眉が寄った。本が思ったよりも厚い。中をめくって、加門は顔を歪ませた。

水谷が諳んじた第一条が記されている。が、そのあとに長い文章が書かれている。中をめくると、どこも同じだった。短い条文のあとに、長い解説が記されているのだ。

しまった、これでは写すのは無理だ……。

加門の額に汗が滲む。

どうする、と掌も汗で濡れる。と、その耳が音を捉えた。

棚に身を隠したまま、加門は隙間から覗く。

二人の男が書庫に入って来たのだ。老年の武士は若い者に指示を出している。

「その本はあちらの棚にある」

若い武士は手にした紙を見ながら、そちらへと行く。

「ありました」

「うむ、では、次を探せ」

は、と若者が動く。

加門は息を殺した。喉がからからに渇く。いや、落ち着け、力を抜け、と自分に言い聞かせる。

若者の歩く音だけが、書庫に響く。

その足音がこちらに近づいて来た。

加門はしゃがんだまま、さらに身を小さくする。が、力を抜こうと、息を細く吐き出した。

若者が棚の間を行き来しているのがわかる。

どうする……。と加門は自問した。

さまざまな考えが嵐のように頭の中を巡る。と、そうだ、と加門は懐から手拭いを出した。

老武士の声が上がる。

「同じ書物であれば、汚れたほうを持ち出すのだぞ。傷んでいない本は、できるだけそのままにしたいからな」

「はい」

若者の声がすぐ近くで上がる。足音も至近になった。

加門は、立ち上がった。

近くの棚から本を取り、それを開く。と、そこに若者の声が上がった。

「わっ」

加門に気づいて、驚いたのだ。

「なんだ」

老武士がやって来るのがわかった。

加門は慌てて本を胸元で持ち、二人に礼をした。

老武士は面前に寄って来る。

「なんだ、見慣れぬ者だな」

「はい」と、加門は手にした本を棚に戻しながら頭を下げる。

「すみません、水谷様の客として来たのですが、書庫が素晴らしいというので拝見したく、お邪魔をしていました」

ふむ、と老武士は顔をしかめながら、上背のある加門の顔を見上げる。

「たしかにこの書庫は我が藩の自慢。だが、勝手に入られては困る」

「はい、御無礼をいたしました。出て行きます」

身体をずらして、二人の横をすり抜ける。

歩き出した加門に、

「待て」

と、声がかかった。

老武士がつかつかと追って来る。

「よもや、本を持ち出してはおるまいな」

老武士は加門の正面に回った。

手を加門の懐に当てる。まさぐる手が、止まった。

「これはなにか」

加門は慌てて手を入れた。

「は、矢立てです。いついかなるときも矢立ては携帯せよ、というのが我が家の家訓ですので」

取り出した矢立てを武士に見せる。矢立ては、武士にはなじみ深い携行品だ。

ふむ、と老武士は頷く。

「いや、わかった。すまぬな、時折、勝手に本を持ち出す者がおるのだ。行ってもよいぞ」

は、と加門は一礼をして、背を向けた。

狼狽を気取られないように、足取りを乱さずに書庫を出て行く。

廊下に出ると、加門は足早に庭へと下りた。

庭に下りて振り返ると、二人が書庫から出て行く姿が見えた。

はあと大きな溜息を吐いて力を抜くと、加門はゆっくりと庭を踏みしめて、長屋へと戻った。

そっと宇左右衛門の部屋に上がる。まだいびきが響いている。

その傍らにしゃがむと、加門は袴をまくり上げた。太腿（ふともも）に『温知政要』を手拭いで巻き付けたのだ。

手拭いを改めてきつく縛ると、加門は辺りを見まわした。部屋の隅に、布団が積んである。

布団を敷き、枕を宇左右衛門の頭の下に入れると、加門はそっと宇左右衛門の肩を揺すった。

「帰りますね」

ううん、と宇左右衛門の声が洩れ、それがまたいびきに変わった。

第五章　造反

一

西の丸の庭に笑い声が響く。

木立の陰から、加門は縁側の人々を眺めていた。

家重とお幸の方、中央には吉宗が幼い竹千代を抱き抱えている。

上様もあのようなお顔をなさるのだな……。加門は初めて見る吉宗の破顔に、思わずつぶやいていた。

まだ首の据わらない竹千代は、吉宗の腕の中で手を動かしている。三代の家族のその和（なご）やかな光景を、側近らは遠巻きに見ている。

加門はそのなかにいるはずの意次の姿を探した。が、見つからない。と、その姿が庭に現れた。

　こちらに近づきつつ、手を上げる。

「そなたの姿が見えたから、抜けて来たぞ」

　向き合う意次に、

「大丈夫か」

　と言いつつ、加門はすぐに言葉をつなげた。

「いや、実は知らせたいことがあって来たのだ。例の本を手に入れた」

「なんだと」

　驚く意次に、加門は声をひそめた。

「今、書き写しているところだ。それと、もう一つ、実はあることがあったのだ」

　周囲に目を配る加門のようすに意次は、ここでは言えないこと、と得心して頷いた。

「わかった、明日は非番だから、そなたの家に行く。午後はいるな」

「ああ、待っている」

　加門は頷いて、そっとうしろに下がる。

　意次も何食わぬ顔で、御殿へと戻って行った。

　本丸への道を歩きながら、加門は小さく目で振り返った。背中に気配を感じたせいだ。が、そのままま っすぐに坂を上りだした。

本丸の表に、下城をする人々が姿を現した。

玄関の窺える場所に、加門はそっと立つ。出て来る人らの顔を、一人一人目で追っていた。

築地の屋敷にいた正体の知れない二人を、探さなければならない。あのとき、人々は灯りを背に立っていたために、顔をはっきりと捉えることはできなかった。が、一人は背は低めでずんぐりとした体つきの丸顔、もう一人は中肉中背で、顔は細面だった。声を覚えていれば、それも手がかりになるのだが、庭ではっきりと聞いたのは一度だけ。丸顔の声は高め、細面のほうはかすれ声、という程度の聞き分けがやっとだった。

坂を下っていく人々のなかに、そのどちらもまだ見つかっていない。昨日も、やはり見つけることはできなかった。

幕臣とは限らないか……。胸中でつぶやく。

人の流れが途切れたために、加門は本丸を囲む東の石垣へと歩き出した。

高い石垣の縁からは、江戸市中が一望できる。

遠くに連なっているのは房州の山々だ。海を抱くように伸びており、それが江戸湾を形作っているのがわかる。

海はきらきらと夏の陽射しを受けて輝き、その海原には大小さまざまな船が行き交っている。もともと江戸城は海際に建てられたものだ。その海を少しずつ埋め立て、町が形成されていったことが、上から見るとよくわかる。海の手前の築地本願寺も、その大屋根のせいではっきりと位置がわかった。

忍び込んだあのとき以来、築地へは行っていない。警戒が強まっているであろうと、踏んでいたからだ。

よし、行ってみよう、と加門は石垣を下りた。

足早に木立を抜けながら、加門はまた目でうしろを見た。

数寄屋橋御門を出て、加門はゆっくりと歩いた。

まっすぐに進めば築地だ。

加門は辺りを見まわすように顔を巡らせると、目だけをうしろに向けた。

やはり、な……。そう独りごちて、加門は辻を右へと曲がった。

背後に感じていた人影も、やはりその角を曲がって来る。

加門はそのまま町を歩く。

店を覗くふりをしながら、背後の気配に気を集中させていた。覚えのあるその気配は、ずっと付いて来る。

道の先を見て、加門は足を緩めた。行く手は掘割だ。海に近いこの辺りは、荷を運ぶ船のために水路が縦横にめぐらされている。掘割は人の手で掘られた河だ。

河の手前の角を曲がって、細い道に入る。そこで立ち止まると、町屋の塀に背中を付けた。

そのまま息をひそめていると、足音が近づいてくるのが察せられた。消えた姿を追って、足を速めたのだろう。

その足音が道を曲がった。

加門がその前に飛び出す。

「あっ」

声を上げて、男が止まった。徒目付の田巻栄之進だ。

くっ、と唇を嚙む田巻に、加門は一歩、足を踏み出した。

「城中でもずっと付けておられましたね」

加門の言葉に、田巻はふんと顎を上げる。

「それがしの役目だ」

「なるほど」加門は口元に笑みを浮かべた。

「そのお役目を申しつけられたお方は、先日の築地の一件を、わたしがいつ上様に申し上げるか、それを懸念なさっておられるのでしょう」

「貴様……」田巻が刀に手をかける。

「御庭番ごときが生意気な。斬り捨ててもよいのだぞ」

田巻の足がじりりと出る。

加門は身体を斜めにして、構えた。

「それはお役目とは思えませんが。それにわたしも一応、役目を持つ身です」

加門の言葉に、ふっと、田巻の顔が皮肉な笑いを見せる。

「いちいち口答えをするな。そなたまだ見習いであろう、そのような軽輩、河に浮かんだところで、身許知れずの死体として捨てられるだけだ、いや、仮に見習いでなくとも、御庭番など、打ち捨てられるのは同じことよ」

加門も冷ややかに笑いを返す。

「なるほど、その機会を窺っていたわけですか。されど首座様は、幕臣同士の斬り合いはならぬ、と仰せだったはず」

「ふん、斬った者がわからねば、なんの障りにもならぬ」

田巻が鯉口（こいぐち）を切った。

加門は右側を見た。細い道を抜けるとすぐそこは河で、小舟が行き来している。

「命を粗末にしてはならぬ、とさるお殿様が申されたそうです」

そう言いながら、一歩下がる。

「命によるわ」

田巻が一歩、寄る。

加門は、

「それは人が決めることではない」

声を放つ。と、同時に踵を返し、走り出した。

あっと言う声がうしろから上がった。

田巻が追って来るのがわかる。

河だ。

右手に小さな桟橋がある。

そこに、加門は飛び降りた。

小舟がちょうど漕（こ）ぎ出したところだ。

加門は桟橋から跳んだ。

船尾に下りて、足を踏ん張る。

揺れに驚いて振り向く船頭に、加門は顔を上げた。

「急ぎだ、すまぬが乗せてくれ」

「へ、へい」

船頭はうろたえながらもあわてて棹を差す。

勢いのついた舟は、川面を滑り出した。

加門は船尾に立ったまま、揺れに身体を合わせる。その姿勢のまま、顔だけをうしろに巡らせて川岸を振り返る。

田巻が拳を握りしめて、立ち尽くしていた。

ふっと笑うと、加門は手を腰に当てた。舟は川面を下って行く。行く手に海が見えはじめていた。吹いてくる風が、はたはたと加門の袖を翻した。

小舟は海に出て、左に舳先を向けた。

加門は高鳴っていた鼓動が収まったのを確かめながら、陸地を見た。

ちょうど築地の前だ。

「旦那、どこまで行きなさるんで」

振り向く船頭に、加門は先に見える桟橋を指さした。

「あそこで下ります」

はあ、と舟はするすると桟橋に寄って行く。

「いや、いきなりで申し訳なかった」

礼を言う加門に、船頭は厄介事が終わってほっとした顔で、また棹を差した。

陸に上がった加門は、辺りを見回した。

このあいだの屋敷はすぐそこだ。

加門は切絵図を見て、南飯田町であることを確認していた。尾張屋のある南小田原町のすぐ近くだ。

屋敷の前に立つと、改めてその造りを見まわした。戸口の造りから見ても、手間をかけているのがわかる。豪商の別邸という風情だ。

屋敷の表から中を覗う。人の気配はない。

普段は使っていないということだろうか……。そう考えながら、裏へと回った。

先日、開いていた裏口の戸は、閉まっていてびくともしない。

加門は左隣の店へと行った。

廻船問屋の大店だ。忙しそうに働く手代のあいだを縫って、帳簿をめくっている番頭らしい男に寄って行く。

「すみませんが」という加門の声に、

「はい、なんでしょう」

と顔を上げる。

加門は右側を顔で示す。

「隣の家は誰のものか知っていますか」

「ああ」番頭は肩をすくめる。

「あれは以前、上総屋さんという油問屋が建てたそうですよ。大層な景気だったそうで。けど、そのあと売ってしまって、乾物を商う駿河屋さん、だったかな、が買って、けど、それもまた誰かに売ったとかで、今は誰の持ち物なんだか……あたしはそこまでしか知りませんや、すみませんね」

「あ、いや、わかりました」

加門は邪魔したことを詫びて、出て行く。

道に立って、加門は町を見渡した。

おそらく、町名主のところへ行けばわかるだろう。どの家に誰が暮らしているのか、掌握するのも務めの一つだ。

しかし、と加門は歩き出しながら思う。御庭番と名乗っても、それがなにをする者なのか知らない相手には通用しない。将軍の密偵などと言うことも、もちろんできない。それに、仮に持ち主が判明したとしても、町名主の口から誰かが探っている、と洩れたりすれば事は厄介になるだけだ。相手に知られれば、この先の探索に支障をきたすだろう……。

加門は南小田原町へと足の向きを変えた。

尾張屋の戸口をくぐる。

「いらっしゃいまし」

主は目と口だけをこちらに向けて、忙しそうに盆を運んで行く。

客は盆を受け取りながら言う。

「竹蔵さん、ついでに八寸煮もくれ」

「はい、すぐに」

と、主は奥に戻って行く。

竹蔵というのか、と加門はそのたすき掛けの背中を見た。

小上がりに腰を下ろした加門の前に、竹蔵はすぐにやって来た。と、おや、という笑みになった。

「お侍さん、このあいだ来なすったお人ですね、煮酢和えをうまいと言った……」

「ああ、そうなんだ。あれが気に入ったから、また来たんだ」

「へい、じゃ、お持ちします。酒はどうしますか」

いかにも期待している面持ちに、加門は、

「そうだな、では富田にしよう」

と頷く。

いそいそと、盆を持って来た竹蔵に、加門は愛想のよい顔を向ける。

「ひと回り歩いて来たんだが、この辺は立派な店や家が多いな」

「ええ、そうですね、聞いた話じゃ、この辺りは新しい埋め立て地だったもんで、金がうなっているお大尽(だいじん)は、広い土地をこぞって買ったそうですよ」

「なるほど」加門は酒を含みながら、顔を巡らせる。

「そこの南飯田町にもぜいたくそうな屋敷があったが、あれもそういうお大尽が建てたのだろうな」

え、と竹蔵は首をかしげてから、

「ああ、そういえば、ありますね、人がいるんだかいないんだか、よくわからないお屋敷が」

「うむ、あれは誰の家なんだろうか」

さあねえ、と主は肩をすくめて、すぐにその目を大きくした。

「旦那、買うつもりですかい」

まさか、と言いかけて、加門はそうだ、とすぐに言葉を選び直した。

「いや、実は知り合いにいい家はないかと聞かれたんだ。別宅を持ちたいというお人なもので、ちょうどいいかと思ったんだが」

「へえ、金はあるところにはあるってやつですね。それじゃ、誰の家か、知っている者があったら聞いておきましょうか」

「ああ、それは助かる」

加門が笑顔を向けると、

「ようござんす、それじゃ、また伊丹か富田を飲みに来ておくんなさい」

竹蔵は揉み手で腰を曲げた。

二

明け六つの鐘を聞きながら、加門は医学所へと向かった。

思ったとおり、将翁はすでに薬園で作業をしている。

加門はたすきを掛けると、

「おはようございます」

と言って、将翁に寄って行った。横にしゃがんだ加門に、将翁は草刈り鎌を手渡す。

「早いな、また聞きたいことができたか。そこのいらん草を根から切ってくれ」

はい、と加門は鎌を受け取った。

「今日は午後の手伝いができないので、早く来ました。それに、教えていただきたいことがあるのも確かです」

「ふむ、では草刈りが終わったら聞いてやろう」

「はい」

加門は鎌を持つ手に力を込める。

朝とはいえ、額から汗がしたたり落ちてくる。それを時折、腕で拭いながら、加門は順番に草を刈っていく。根を掘る、切る、抜く、という作業を淡々と繰り返していく。少しずつ移動しながら、加門は黙々と手を動かしていた。

「もうよいぞ」

将翁の声で、はっと顔を上げた。いつの間にか、端まで移動していて、もう先はない。加門はきょろきょろと辺りを見まわす。

「どうした」

立ち上がった将翁に、加門は晴れやかな笑顔を返した。

「はい、今、気がついたのですが、無心になっていました。草を刈ることだけに熱中して」

ふむ、と将翁は縁側に向かう。

「それはよいことじゃ。人はさまざまな煩(わずら)いを持っているからな、ときにそれを忘れて無心になることが必要なのじゃ。無心になれば、淀(よど)み、滞(とどこお)っていた気も流れ出す。順気が生まれて、元気になるのだ。遊び、楽しむのも順気を生む一つじゃがな、こうして手作業に没頭するのもいいことよ」

濡れ縁に腰掛けた将翁の傍らに、加門も腰を下ろす。

「はい、なんだかすっきりしました」

青い空を見上げて息を吐いた。

家の奥からは、飯の炊ける匂いが漂ってくる。

「して、なんじゃ、知りたいのは」

「はい、実は酒が好きな人がいるのですが、あまり飲み過ぎるので身体に障るのではないかと思っているのです。なにかよい薬はないでしょうか」

加門の脳裏に水谷宇左衛門の顔が浮かんでいた。

「酒か、それならば蜆じゃ」

「蜆ですか、飲み過ぎたときには蜆の味噌汁がよいと聞きますが」

「そうよ、蜆のなにが効くのかはわからんが、酒飲みには一番よいぞ。蜆をたくさん煮て、その汁を飲ませればいいんじゃ」

「わかりました」

蜆か、とつぶやく加門に、将翁は、

「その御仁、歳はいくつか」

と問う。

「ええ、と、三十半ばくらいです」

「ふむ、浮腫はないか」

え、と加門は宇左右衛門の姿を思い起こす。

「あ、そうえば、顔と足首が少し浮腫んでいたように思います」

なれば、と将翁は薬園の外側、塀の下を指さした。

「杉菜もよいぞ」

指さす先には、淡い緑色の細い茎が、こんもりと茂みを作っている。

「杉菜は土筆を同じ根から出すのは知っておろう。その根は深く広く伸びることから、地獄草とも呼ばれておるんじゃ。農をする者にとっては厄介な草じゃからな」

「ああ、だから、薬園から離して植えてあるんですか」

「そうよ、近くに植えればたちまちに茂みを広げて、土地を取られてしまうからな。まあ、その生きる力の強さが、効き目にもなっているのであろうが」

へえ、と加門は頭の中を探る。杉菜は小便を出す、と教えられたことがある。

「そうか、小水を出させて浮腫をとるんですね」

「うむ、それは知っておったか。そなたはまだ若いゆえにわからぬだろうが、歳がいくと、酒を飲むと浮腫みやすくなるものだ。それに、杉菜は肝の臓にもよいと言われておる。問荊と呼ばれておってな、れっきとした薬じゃ」

「へえ、そうでしたか」

「うむ、帰りに摘んでいってよいぞ。生のまま煎じても大丈夫じゃ」

加門はぴょんと立って、将翁に頭を下げる。

「ありがとうございます」

「なんの」と、将翁は立ち上がった。

「飯が炊けたようだ、そなたも食っていけ」

香ばしい味噌汁の香りも漂っていた。


医学所から戻って、加門はもらってきた杉菜を洗いはじめた。それを風の入る戸口で干すために運ぶ。

大きなざるに並べていると、そこに影が落ちた。見上げると、影の主は意次だった。

「ああ、来たか」

「うむ、なんだ、それは」

緑の草を不思議そうに見る。

「ああ、薬なんだ、それよりも上がってくれ」

加門は部屋の奥へと意次を誘う。机には広げた紙と硯箱が出してある。その机の下から、加門は本を取り出した。

「それが『温知政要』か」

首を伸ばす意次に、加門は頷いて差し出す。

「実はな……」

と、持ち出した経緯を説明すると、意次は目を輝かせた。

「そうか、やったな。では、これを家重様にお渡しするのか」

「いや、それはまずい。書棚にはほかに三冊あったから、しばらくは外に持ち出されたとは気づかれまいが、いつまでもないままであれば騒ぎになるだろう。水谷様に迷惑をかけるようなことになってはすまないしな、だからこれは戻す」

「戻すのか」

「ああ、そのために今、急いで書き写しているところだ。それを元に清書をして、本に綴じて家重様にお渡ししようと思っている」

「なるほど、それならば支障は起きないか。確かに、盗み出した本を差し上げるわけにはいかないな」

失笑する意次に、加門も笑う。

「そうだろう」加門は本を差し出す。

「読んでみたらわかったぞ、なにが上様を怒らせたのか」

ほう、と意次は本を開く。目で文字を追いながら、口も開いた。

「第二条、慈しみあれば敵は生まれず、権現様のごとき仁者となれ、か。家康公を尊崇しておられるというのは本当なのだな」

権現様は徳川家康のことだ。

「うむ、それゆえに上様とも気が合うのだろうな」

「ふむ……第三条、無実の者に濡れ衣を着せてはならぬ。それを恥と弁え、罪科はとことん吟味すべし、第四条、我欲を捨て、志を保ち、物事を貫くことを大事とせよ」

意次が顔を上げる。

「やはり、よいことが書いてあるな。宗春公はなかなかの仁者と見える」

「うむ、続きもよいぞ。第五条、慈愛を学識の礎とすべし、小賢しき学問を振りかざすよりも己の真に誠実であれ、第六条、人はどのような者にもふさわしき役割、場所があることを知るべし……」

「覚えたのか」

「ああ、条文だけはな。書き写せば頭に残る」

ほう、と意次は本をめくる。と、あっと言って、その指を止めた。

「なるほど、ここか……第九条、金銭は有意義に使うべし、過ぎたる質素や倹約はむしろむだを生むと心得よ」

「うむ、それと第十二条もだ、芸能と遊びは民の心を豊かにするもの、芝居小屋、茶店など出すことを許す」

加門が諳(そら)んじると、意次も口を開いた。

「これも気に障りそうだな、第十九条、政(まつりごと)は臨機応変(りんきおうへん)を旨(むね)とすべし、改革は急ぐべからず、日々の仕事こそを速やかにせよ」

「ああ、享保の改革は次々に行われたからな、その一文は御公儀への皮肉ともとられかねんな」

「これも皮肉っぽいな、第二十条、改革は文殊(もんじゅ)の知恵のように、集まりて考えることを大事とせよ。一人で行わず、周りの力も用いるべし。これなど、改革を決められた上様や主導された松平乗邑への批判ととられてもしかたがないな」

意次が顔を歪(ゆが)める。

「そうだな、まるで諫(いさ)められているように感じて、立腹されたかもしれないな」

加門は腕を組むと、意次は本を顔の前に持ち上げた。

「この最後はどういうことだ、まあええがやぁとせよ、とは」

ああ、と加門が続ける

「第二十一条だな、上に立つ者は、まあええがやぁという広い心をもって下の者に接するが大事。古参新参、男や女の区別をせずに、皆をひとしく慈しむべし……まあええがやぁは、尾張弁だろう、おおらかだな」

「なるほど」意次はほうと息を吐いて、本を胡座の上に置いた。

「全体にはよいことが書かれているがな」

「ああ」加門も書き写した紙を手に取る。

「書写本が出まわったのも頷けるな。しかし、庶民がひと言文句を言っただけで御政道批判と罰を受けるのだから、これほど堂々と御公儀の方針と対立されては、見過ごすことはできないだろうな」

「うむ、日頃から御公儀は、抗う者を厳しく抑え込んでいるのだから、一つでもその芽を放置するわけにはいかないだろう。御三家の当主だから、罪に問われないですんだのだろうよ」

「そうだな」

頷く加門に、意次ははたと膝を叩いた。

「で、もう一つ話があるのだろう、あることとはなんだ」

ああ、と加門が眉を寄せる。

「実は、尾張藩御附家老の弟で石子貞勝という御仁なのだが……」

築地の屋敷で起きたことを話す。

意次の面持ちがみるみる変わっていった。

「旗本らがこっそりと集まっているのか、おまけに首座様まで……」

ああ、と加門は縁の下から盗み聞きした内容を続ける。

「なんと……松平乗邑様は御側御用人を欲していらしたのか」

「そうなのだ、そう考えれば、一連の動きも得心できる」

ううむ、意次は口を曲げる。

「で、そなた、それを上様に言上するのか」

ううむ、と加門も唸る。

「いや、上様ではなく、家重様に申し上げるべきか、と考えているのだ。そもそも、尾張藩を探れという御下命も家重様からのものであるしな」

「ふむ、それもそうだな、それに上様は首座様を信頼なさっておられる。申し上げるのならば、もっと探索を重ねて、それを裏付けるものを集めてからでないといけないだろうな」

「ああ、軽々(けいけい)にお伝えしてよい内容ではないと思っている。それにまだ、屋敷の持ち主も、その場にいた二人の正体もわかっていないからな、これでは家重様にさえ、お伝えすることはできぬ」

「確かにな」意次が頷く。

「しかし、西の丸の敵は思いの外、大きいということか……これは気構えを改めねばならぬな」

「うむ」

加門と意次の目が頷き合った。

三

家に上がった加門は汗に湿った着物を脱いだ。

医学所で薬園の手伝いをしてきたために、背中がびっしょりだ。それを新しい着物に着替え、加門はほっと息を吐いた。と、

「加門」

家の戸口で呼ぶ声に、加門は首を伸ばして声を上げた。

「父上」

父の友右衛門が立っている。

「来たぞ」

と、笑顔で入って来るのを、小走りで出迎えた。

「どうなさったんですか」

この家で暮らすようになってから、父が来たのは初めてだ。

「いや、ようすを見に来たのだ」

座敷に上がりながら、友右衛門は外を振り返って、小声で言った。

「外にこの家を窺っている怪しい男がおったぞ」

「えっ、えらの張った侍ですか」

田巻か、と思うが父は首を振る。

「いや、えらは張っていなかったな、浪人だ」

父の言葉に、加門は思い至る。以前来ていた門倉の刺客のほうか。気づかなかったとはうかつだったな……。

唇を嚙む加門の肩を、父はぽんと叩いた。

「横目で見ながら通り過ぎて行った。今しがた、来たのだろう」

父はゆっくりと家の中を見渡す。ずっと以前、やはり役目を得てこの家で過ごしたことがあると、加門に語ったことがあった。

「変わっていないな」そうつぶやきながら、

「仕掛けは作ったのか」

息子を振り向く。はい、と加門は何箇所かを案内する。

「ここは戸が回るように造り変えました。意次も来て手伝ってくれたのです」

「意次殿が……それはありがたいことだな」

その縁は父上のおかげ……と胸の内でつぶやくが、言葉にはしないままに頷く。

ふむ、と父はひととおり回ると、息子に真顔を向けた。

「よいか、気を抜くでないぞ。我らはお役目のためならば、いつでも命を捨つる覚悟はできておる、そなたもそうであろう」

「はい」

幼い頃から、そう教えられてきたのだ。

「だがな」父は目を伏せる。

「それは命を粗末にせよということではない。命汚いといわれても、最後まであきらめるでないぞ。命などたったの一つ……失ってしまえばそれまでだ。そうなったら、母上が悲しむからな」

加門は、父の照れを隠したような横顔に頷く。

「はい、心しておきます」

そう頷きながら加門はそうだ、と父の面前に回った。

「父上、外に飯を食いに行きませんか」

「ふむ、よいが、どこに行くんだ」

「築地です」


「いらっしゃいまし」

尾張屋に入ると、主の竹蔵が振り向いた。

「おや、旦那、お待ちしてました、ささ、どうぞ」

小上がりを示されて、加門は笑みを浮かべた。この対応からして、竹蔵はあの屋敷について、なにかを聞き出したに違いない。

「伊丹にしますか、富田にしますか」

竹蔵の笑顔に、

「では、伊丹にしよう。それと八寸煮となにか適当な肴(さかな)も」

加門が頷く。

「これ」と父が顔をしかめた。

「下りものの酒など、ぜいたくをするでない」

いえ、と加門は声を抑えて父に顔を寄せる。

「これは約束なのです、頼み事をしたので」

そう言っているうちに、竹蔵は盆を持ってやって来た。加門は、待ちかねたように、小さな声で問う。

「なにか、わかりましたか」

へい、と竹蔵も小声で頷く。

「出入りの炭屋に訊いたところ、あそこは一昨年、三登屋(みとや)さんていう大店が買い取ったそうですよ」

「三登屋……なにを商っている店なのだろう」

首をかしげる加門に、竹蔵はさらに小声になって、

「米問屋だそうです」

と言った。そのまま酒や小鉢を置いて、竹蔵は戻って行く。

「米問屋か」

父がつぶやく。

築地の一件は、加門が道々、父に話をしておいた。

「米問屋であれば、やはり首座様のつながりでしょうね」

息子の言葉に、父が頷く。

「そうであろうな、財政を任されたお方ゆえ、米問屋を差配するのは当然のこと。高間伝兵衛のこともある」

あ、そうか、と加門は手を握りしめた。

「高間伝兵衛が打ち壊しにあったあと、米問屋は家財を隠したり、よそに移したりしていると、町衆の噂で聞いたことがあります」

「ほう、そうか。ではその三登屋も、そのためにこっそりと屋敷を手に入れたのであろう」

「はい、普段は使わない屋敷であれば、偉いお人にお使いくださいと便宜(べんぎ)を図っても不思議ではありませんね」

ふむ、と父は息子に眼を細めて、

「そなた、町に出てからいろいろと学んでいるようだな、せっかくだ、飲め」

と、地炉利(ちろり)を差し出す。

加門はそれを受け取って父に注ぐと、己のぐい呑みにも注いだ。

互いに酒には酔わないのがわかっていながら、見交わして口を付ける。

いつもとは違って酒が喉に染みわたるのを、加門は感じていた。


翌日。

風呂敷包みを抱えて、加門は尾張藩中屋敷を訪れた。

「やや、先日は……」出迎えた水谷宇左右衛門は、頭をかいて、

「眠ってしまって失礼した」

そう頭を下げるのを、加門は手で制した。

「いえ、とんでもない、こちらこそ挨拶もせずに帰ってしまって、御無礼をいたしました」

なにしろ、眠らせたのは自分だ。そのうしろめたさで、深々と頭を下げる。

宇左右衛門の部屋に上がると、加門は風呂敷包みを解いた。上に紙の包みがあり、下にはざるがある。

「今日は酒ではなく、身体によい物をお持ちしました」

ほう、と首を伸ばす宇左右衛門の顔を、加門は改めて見つめる。瞼が浮腫んでいるように見える。

「酒を飲むと、身体が重くなりませんか」

加門の問いに、宇左右衛門は頷く。

「うむ、なるな。次の朝は瞼が腫れるし、最近は足首も浮腫むのだ」

胡座を崩して、その足を前に出す。

加門は失礼と言って、足首を指で押した。うっすらとへこむ。

「そうですね、うまく水が出ずに溜まってしまっているようですね。これを煎じますから、飲んでみてください」

加門は紙の包みを畳の上に開いた。

「なんですかな、これは」

「杉菜です。身体の余分な水分を出して、すっきりとさせます」

「ああ、そうであった、宮地殿は医術を学んでおられるのだったな」

「はい、それと、こっちは蜆です。この煮汁を飲めば、肝の臓が元気になります」

ふむ、と感心する宇左右衛門に、加門はにこりと笑った。

「なので、これからわたしが煎じます。台所を使わせてもらえますか」

「ほう、そうか」と立ち上がる。

「よいぞ、あちらだ」

外へと出て行く宇左右衛門に加門も続く。長屋は角で曲がり、さらに続いている。その先に、広く開けられた戸口があった。

「ここだ、竈もたくさんあるからな、どれを使ってもかまわん」

左右に三つずつ竈がある。一つの前では魚を煮ている者がおり、もう一つの前でも、年配の男が鍋をかきまわしている。長屋住まいの者達は、普段から自炊をしているらしい。

「鍋も借りていいですか」

並べられた鍋を物色（ぶっしょく）していると、背後の竈から声がかかった。

「この竈を使ってもよいぞ。こっちはもうできた、火はまだ充分だ」

煮魚の香りを立てながら、男は鍋を下ろして出て行く。

「では、ここをお借りします」

加門は小振りの鍋を置いて、水を注いだ。しゃがんで火を確かめると充分に燃えている。

加門はうしろに立つ宇左右衛門を見上げた。

「では、煎じ終わりましたら、持って行きます。しばらく時がかかりますので、お部屋でお待ちください」

ふむ、と宇左右衛門は頷く。

「では、そうしよう。その辺の器も好きに使ってかまわんでな」

「はい」

と加門は出て行く宇左右衛門を見送った。

加門は蜆を茹でる。

たちまちに汁が白くなり、磯の香りが漂った。

それを竈から下ろすと、別の鍋をかけた。水が煮立ったところに、杉菜を入れる。

と、加門は竈の前に立つもう一人の男を窺った。鍋に木べらを入れて、焦げないように搔き回している。野菜と魚の匂いが立っているから、八寸煮を作っているのかもしれない。熱中していて、こちらを見ようともしない。

加門はそっと竈の前を離れた。

そのまま、外へと出ると、袴の上からそっと太腿に触れた。

台所は裏庭に面している。

ここからなら裏を回って行けば近いな……。そう判断して、加門は裏庭を歩き出した。洗濯物を取り込んでいる者や洗い物をしている人らの横を通って、加門は南側へと進んだ。

書庫だ。

加門は窓の下で中の様子に耳をそばだてる。物音はしない。

縁側に回り込むと、加門は上がり込んだ。

そっと中へと入って行く。と、はっとして足を止めた。若侍が一人、書棚の前で本を読んでいたのだ。

加門は息を殺してその姿を見つめる。が、こちらに気づく様子はない。

足音を忍ばせて、反対側から奥へと進む。漆塗りの棚に行き着くと、加門はしゃがんで袴をまくり上げた。手拭いで巻き付けた『温知政要』を、急いで外す。素早く立つと、元あった棚へとそれを戻した。

背を向けると、棚から離れた。早足になったせいで衣擦れの音が立ち、加門はしまった、と顔をしかめる。

「おや」という声が上がった。

若侍が顔を上げて、こちらを見る。

加門は落ち着いて、小さな会釈をした。相手もきょとんとしながら、会釈を返してくる。

そのまま胸を張って、加門は書庫を出る。目で振り向くと、若侍はまたうつむいて本を読みはじめていた。

　ほうと息を吐いて、加門は庭へと下りる。

　台所へと、まっすぐに戻って行った。

四

　神田の町のざわめきが高まってきた。

　二階の窓際に座っていた加門は、文机から顔を上げる。

　西の空が薄い朱色に染まりはじめたことに気づいて、加門は持っていた筆を置いた。力がこもっていた腕を伸ばし、凝った首をゆっくりと回す。医学所の講義が休みであったため、朝から写し取った『温知政要』の清書をしていたのだ。

　窓の下に男達の声が飛び交う。職人達が帰って来る時刻だ。

　加門は行灯を机の横に持って来て、油をつぎ足した。

　清書ももうすぐ終わりそうだ。

　今夜中にやってしまおう……。そう独りごちて、加門は文机に座り直した。

布団の中で、加門は目を開いた。

物音が耳を起こしたのだ。

窓の障子は外の青さを映している。夜が明けかけている色だ。明け六つにはまだ間があるものの、闇が去りつつある時刻に違いない。

昨夜は遅くまで清書をして、寝付いたのは音もない深夜になってからだった。以前、侵入されたのがその寝入りばなの時刻であったため、最近では、それを過ぎてから寝るようにもなっていた。

音が裏口からしている。

加門はそっと起き上がり、枕元に置いていた着物に着替えた。

前に襲われたときには闇の中であったために、家の造りを知る加門に利があった。それを思い起こしながら、加門はそうか、と得心する。そのときの顚末から、今度は多少明るさのある時刻を狙ったのだろう……。

着流しの帯に大小二本を差す。そして、盆の上に置いていた胡桃の殻を、あるだけつかんで懐に入れた。

裏口の音がやんだ。内から留め金で固定してあるため、裏の戸は外からは動かせない。が、足音が家の横を通り、表に移動していくのがわかった。

二人、と加門は耳を立てた。足音はあきらかに二人分だ。

その音が表で止まる。

しまった、と加門は唇を噛んだ。

戸ががたり、と動いた。

闇に馴れてきた目で見ると、なにかが動いているのがわかった。戸の横から細い金の棒が差し込まれているのだ。

その先にあるのは落とし鍵だ。支える木が弛(ゆる)んでいるのを知りつつ、そのまま直していなかったのを、加門は思い出していた。

上がり框で、加門は身構える。

金棒に勢いがつき、落とし鍵を突いた。音を立てて、それが外れる。

加門は刀を抜く。

戸が開けられ、男が飛び込んで来た。

浪人だ。

加門はそのうしろ見る。

少し離れて、若い男の姿があった。門倉力之助だ。

立っている加門の姿に驚きを顕(あら)わにして、浪人もすぐさま刀を抜いた。

加門は相手の血走った目を見下ろす。

「そなた、このあいだも来ていたな。しかし、雇い主を加勢に連れて来るとは、よほど腕に自信がないと見える」

「なにっ」怒気を含んだ声で返してくる。

「あやつが勝手に付いてきたのだ、無礼を申すな」

「そうか、それは失礼した」

加門は大きく失笑してみせた。熱くなったほうが負ける。

「知っておられようが、わたしは宮地加門。立ち会う前に武士の作法、そちらの名を聞かせてもらいたい」

ふん、と浪人は足を踏み出す。

「知りたければ教えてやろう、我が名は長江喜三郎(ながえきさぶろう)、この名を胸に刻んであの世に行くがいい」

長江が土間から跳び上がった。

振りかざす刀を、加門は斜めになって躱す。

下から手を返し、加門は相手の脚を狙った。が、それを長江は跳んでよける。

門倉力之助も中に入って来て、戸を閉めた。周囲に気づかれないようにするためだろう。

長江の剣が上から下りてくる。その刃を加門の剣が受け止めた。重い音が家の中に響く。

加門はじりじりとうしろに下がった。

背後には階段がある。

やぁっと、声を上げ、加門は峰で長江の腕を打った。

ここで斬り殺すのはまずい。そんな考えが瞬時に頭の中を巡る。

腕を打たれて動きが止まった長江を見て、土間の力之助が刀を抜いた。

加門は左手を袂から懐に入れる。中から拳を出すと、つかみ出した胡桃の殻を手の中でずらした。

力之助が座敷に上がった。

加門は並んだ二人に、胡桃の殻を投げる。

辛子と唐辛子の粉が、二人の顔に広がった。

うわっ、と重なる声を背に、加門は階段を駆け上がった。

階下から咳き込み、むせぶ声が聞こえて来る。が、それが階段を上って来るのがわかった。

二階に立って、加門は麻縄に刀を振り下ろす。縄が音を立てて、切れた。

上ってくる長江と力之助の上に、戸が落ちる。

ぶつかる音と、男達の声が重なった。

加門は踵を返すと、二階の窓へと駆け寄った。窓を勢いよく開けると、一階の屋根に出る。

背後から、戸を開ける音が響き、二人が上がって来たのが感じられた。

加門は跳んだ。

地面へと着地する。

振り向くと、二階の窓から、二人の歪んだ顔がこちらを見下ろしている。が、それがすぐに消えた。

二人が階段を駆け下りる音が、背中に聞こえる。

加門は走った。

背後から、男達が追って来る。

道の先の神社の杜に、加門は飛び込む。

すぐさま向きを変えて、加門は二人を迎えた。

先に長江が走り込んで来た。そのあとに力之助が追いつく。

二人とも目が充血し、まだむせている。赤い目はますます怒気が増して見える。
加門は静かに息を吸い込んだ。
狙いどおり、相手は気を上げている。それは冷静さと引き替えのものだ。
まっすぐに剣を構えると、加門は冷笑を浮かべた。
「今度は腕の立つ者を雇ったと聞いたが。香取神道流の達人なのであろう」
「な……」と長江に続いて力之助も口を開く。
「なぜそれを……」
ふっと加門は笑う。
「わたしは御庭番だ」
このっ、と長江が刀を振り上げた。
胴が空いている。
加門は身を伏せた。
相手が勢いのままに、前にのめる。
加門はその脇をすり抜け、身体を回した。
長江の背ががら空きだ。
加門は刀を振り上げた。

と、その肩を斬りつける。
一瞬、長江の動きが止まった。
ゆっくりと振り返りながら、構えを直そうとする。
加門はその腕に、峰で一撃を加える。
刀の落ちる音が鈍く、響いた。
長江の身体が大きく傾いた。が、膝をついて耐える。
それを見て、力之助が加門を見据えた。
「こやつ」
ひと声放つと、剣を握り直す。
加門はそちらに向く。
切っ先を上げると、一歩、力之助ににじり寄った。
じりり、と切っ先を力之助の鼻先に掲げる。
力之助が身を反らした。
加門はずい、とさらに切っ先を突きつけた。
「旗本がこのようなところで騒ぎを起こせば、お家の存続に関わりましょう」
くっと、力之助の顔が歪み、ますます赤くなる。

「小癪（こしゃく）な」

力之助が半歩下がり、身を立て直す、と刀を振りかざした。

加門は腰を低くすると、刀を水平に構えた。

力之助は空いた頭を狙って、斬りかかってくる。

加門の両手が上がり、落ちてきた剣をはじき返す。

力之助の刀が宙を飛んだ。

加門は身を翻して、そのうしろに回る。と、白刃を返して、力之助の頭を掠（かす）った。

髷が、飛んだ。

振り向く力之助の髪が、ばらけて落ちる。

声にならない声を上げて、力之助は己の頭を押さえ込んだ。

長江は膝をついたまま呻き声を洩らしている。

加門は力之助にそれを目で示した。

「連れて帰ったほうがいい。手当てをすれば助かります」

「なにを……」

「死体になれば、騒ぎになりますよ」

加門はそう言って刀を鞘に納めた。と、そのまま下を見る。裸足であることに気がついたのだ。

「では」

加門は力之助に言うと、ゆっくりと地面を踏みしめながら、歩き出した。


医学所の薬園に、夕方の風が吹いて来た。

加門の草を抜く手に勢いがつく。引き抜いた草を遠くに放った。明け方のできごとがまだ尾を引いて、気持ちの高ぶりが収まらない。が、その手が不意に止まる。頭の中に次々と思念が湧き上がって払えない。

「どうかしたのか、いらいらしてるな」

覗き込む正吾に、加門ははっと我に返った。同時に、将翁の声が上がる。

「今日はもうよいぞ」

その言葉に、しゃがんでいた皆が立ち上がる。

それぞれに腰を叩いたり、腕を回しながら引き揚げていく。

加門は前を歩く正吾の肩をつついた。

「団子を食べに行かないか、おごるぞ」

「おう、いいな」

屈託のない正吾の笑顔に、加門にも三日ぶりの笑みが浮かんだ。

両国の茶屋で、二人は長床几に並んだ。

広小路の端には、今日も海ほおずきを売る親子がしゃがんでいる。それを目の端で捉えながら、加門は団子の串を持つ。正吾はすでに大口を開けていた。

「おごりとはどういう風の吹き回しだ」

頬をふくらませながら問う正吾に、加門も団子を頬張った。

「このあいだ、失敗したら次は、という話をしただろう」

「ああ、あれか、なにかの役に立ったのか」

うむ、と加門は空を見上げる。

「失敗すると気構えてしまうが、力を抜くと、存外、よい考えが浮かぶものだということがわかった」

へえ、と正吾も空を見る。なんのことだかわからないがまあいいか、という顔だ。

「それは祖父様(じいさま)の教えだ。油断すると失敗する、だが力(りき)むとよけいに失敗すると、剣術の稽古の折にいくども言われたんだ。祖父様は鬢(びん)が薄くて簾(すだれ)のようなのだがな、笑うわけにはいかない、怖いんだ」

苦笑する正吾に、加門のほうが笑いを放った。

「それは、しかし、よい教えだな」

「ああ、まあな、しかし実を言えば、わたしはその塩梅がわからなくて、剣術はまったくだめだった」ははは、と正吾も大口を開ける。

「まあ、だから武士には向かんと思って、医学所に通うことになったようなものだ」

「そうか……」加門の口にふと別の問いが浮かび上がった。

「正吾は医者になるのだろう」

「ああ、そのつもりだ。医学所に来ておる者は皆、そうだろうよ、そなたはまだ決めていないのか」

「うむ……まあ、医術は面白いと思うが、医者に向いているかどうかわからないしな。正吾は、その……どのような相手でも助けようと思うか」

「どのような、とはどういう相手のことだ。金がないとか、気にくわないとか、そういうやつか」

「いや、もっとその、たとえば己に危害を加えて来る者とか、だ」

ためらいで揺れる加門の声に、正吾は、

「なんだ、そんなやつ、助けるわけないじゃないか」

と、笑う。加門はほっとして、正吾を覗き込んだ。

「そうなのか」

「そりゃそうだろう。そんなやつ、逆に叩きのめしてやるさ。まあ、わたしは弱いから、叩かれそうになったら逃げるがな。しかし、自分だけじゃない、たとえば家族に害を加えようとされたら、同じことだ。そのような相手は、助けるどころか、やっつけてやる」

「そうか」

「そうだ。そなたがやられそうになったら、やはりやり返すぞ。それで相手がけがをしたって、誰が手当てなんかするものか」

正吾の迷いのない口調に、加門は思わず笑顔になっていた。

「そうか、そうだな、わたしも正吾を襲う者がいたら、叩き斬るぞ」

おう、と互いに頷き合う。

「よし、団子をもっと食おう、あとで海ほおずきも買ってやろう」

加門の笑顔に正吾は口を曲げる。

「子供じゃあるまいし、そんな物、いらん」

「まあ、いいじゃないか」

加門は正吾の肩を叩くと、おおいと茶屋の娘を呼んだ。

五

西の丸の庭に、加門は入って行く。と、すぐにまた、人々の和やかな声が響いているのが聞こえて来た。縁側で吉宗が竹千代をあやし、その傍らに家重とお幸の方が微笑んでいる。

加門はいつものように、木立の陰から首を伸ばす。すぐに気がついた意次が、部屋を出るのが見えた。

その姿が、中奥の玄関から現れた。

意次は近寄りつつ、加門が手にした薄い風呂敷包みに目を留めた。

「写本ができたのか」

「ああ、なので持って来た」加門は縁側を見る。

「そなたに預けようか」

「いや、直にお渡ししてくれ。事の経緯は家重様にお伝えしてある。尾張藩のこともあるし、そなたから話をしてくれたほうがいい」

「ふむ、では、出直そう。半刻（一時間）くらいあとでよいか」

「いや、それならわたしの部屋で待てばいい」

意次が御殿へと歩き出す。加門もそれについて、玄関から上がった。

「そうだ」

加門は中奥を進もうとする意次を呼び止めた。

「待つのなら書庫を見たいのだがよいか、西の丸の書庫は見たことがないし」

「ああ、かまわんだろう」意次は踵を返す。

「では、案内しよう、あちらだ」

表を指で差して、歩き出す。

西の丸にも表がある。本丸には比ぶべくもないが、さまざまな役人が詰めて、仕事をしているのだ。将来、世子が将軍の座を継いだときに、その人々が将軍に仕えるための仕組みだ。

表の廊下には、中奥では見られない役人達が行き交っている。

まだ官位もなく若輩の意次は、廊下の隅を静かに歩く。加門はさらに控え目にそのあとに続いた。と、意次が立ち止まって壁に背を向けた。

廊下の向こうから、裃姿(かみしもすがた)の男がやって来る。身分が高そうなその男に、意次は礼をするために止まったのだろう。そう理解し、加門も倣った。

近づいて来る男に対して、若い二人は腰を曲げて礼をする。が、その途中で、加門は息を呑んだ。

頭を下げつつ、上目でその姿を追う。背が低めでずんぐりとしている。

唾の下りる音が鳴った。

通り過ぎたのを見て、意次がまた歩き出す。加門はその腕をつかんだ。

「書庫はまだか」

高まった声音に、意次が怪訝さを顕わにしながら、指を上げた。

「そこだ」

戸口が見えていた。

加門は腕をつかんだまま、意次と書庫へと入った。そのまま奥へと、意次を引っ張って行く。

「どうしたんだ」

驚く意次に、加門は声をひそめた。

「今のは誰だ。裃姿で通り過ぎた……」

「若年寄(わかどしより)の大多正純(おおたまさずみ)様だ」

意次の目がまさか、と問うのに、加門は頷いた。

「あの御仁だ、築地で見た正体不明の二人のうちの一人は」

「なんと……」

意次は目を見開く。

加門はやっとその腕を放して、息を吐いた。

「あの方はよく西の丸に来られるのか」

「ああ、こちらにも目付やら書院番やら、若年寄支配の役人がたくさんいるからな、よく下城の前に立ち寄られる」

「下城……そうか、それでここから下城されるのか」

「ああ、そのようだ」

領く意次に、加門はそうか、とつぶやく。本丸の表ばかりを見張っていたが、うかつだった……。

「しかし、確かなのか」

意次の声に加門は、ああと頷いた。

「顔の形、それにあの姿に間違いはない。一度見たら、わたしは忘れないからな」

「ふむ、御庭番だものな。だが、そうか、大多様もあちらにつかれたか……確かに、出世欲の強そうなお方ではあるな」

「ああ、我らを一瞥もされなかったな、人柄が窺える」

「だが、それがよかったな、そなたは気づかれずにすんだ」

意次のほっとした笑顔に、加門も、

「うむ、築地の屋敷では、こちらは薄闇のなかにいたしな。普通の目であれば、顔を覚え切れまい」

と頷く。

「だが、油断はするなよ」

ああ、と顔を引き締めつつ、加門は外へと足を向けた。

「やはりそなたの部屋で待たせてもらおう。考えをまとめねば」

「ああ、それがいい、うろうろすると危ないからな」

意次も左右を見ながら、廊下へと出た。

部屋で待っていた加門を意次が呼びに来た。

「こっちだ」

通された部屋はいつもよりも狭く、人払いがされていた。付いているのは側近の大岡忠光だけだ。

家重は向かいに正座をした加門に、手を振った。

「ちこ、う」

はっと、膝行して、加門は風呂敷を解いた。

中から現れた『温知政要』の書写本を、加門は掲げる。綴じて、できあがったのは昨日のことだった。

「ご、くろ、うで……あっ、た」

家重はそれを受け取ると、じっくりと表紙を見た。

題字も、元本を真似て、加門が書き写したものだ。

家重は本をゆっくりと開く。

斜めに座った意次は、家重と加門を交互に見ている。

忠光は横でかしこまって、家重のようすを見つめている。

家重の目が文字を追っているのがわかる。

加門もじっと、それを窺った。

強ばった口元には動きはないが、目や眉、頬はときどき動く。眉が寄ることもあるし、眼を細めることもある。笑みのように頬が弛むのも見えた。

途中からは、長い解説文を飛ばして、短い条文だけを読むのがわかった。

次々にめくられていく。

最後の条文を読み終えて、家重は顔を上げた。

眉を寄せて、複雑な面持ちを見せている。

口元が動くが、はっきりと聞き取れない。

忠光が頷いて、二人に向かって口を開いた。

「このようなものであったのか、と仰せだ」

家重が意次と加門を見た。

「そな、たら、読んだ、のであ、ろう……いか、が、思う、た」

意次ははっとかしこまり、ちらりと加門を見た。先に言うぞ、と語る目に、加門も目で頷く。そのほうが加門が話しやすいはず、という配慮であることがわかっていたからだ。

意次が顔を上げる。

「御政道批判ととられかねない文言が散見できますが、それが軽はずみによるものであるのか、抗いの意思によるものであるかは量りかねました。全体に引き締めることよりも緩めることを重んじておりますが、それをそれぞれの頭目が実行いたした場合、長きのちには収拾のつかぬことになりはしまいかと感じております。施政の指南としてはやや難点の多き書と考えました」

　ふむ、と家重が頷く。

「しかしながら」と意次は続ける。

「慈しみと仁を重んじることは、人の世を導くにあたっての大事かと存じます。国の財を高めることよりも、民の暮らしの豊かさに目を向けておられるのは、なかなかの仁者とも感じました」

　ふむ、と家重がまた頷く。

その目が加門に移った。

　唾を呑み込んで、加門も姿勢を正す。

「批判を恐れずに考えを貫く、という宗春公の御意志の強さを感じました。が、そのお考えは、武家の気構えというよりも仁者の心得とでもいうべきものと思われます。情愛深きお人柄と察せられますが、それが為政者の資質と相まって活かされるものか、となればいささか難しいかとも感じます」

　ふむ、と家重の目が動く。

「しかしながら」加門も意次に倣った。

「宗春公は長き不遇を託ってておられたと聞き及んでおります。にもかかわらず、権勢を望まれず、民に寄り添わんとするお心は貴きものと思われます」

　ふうむ、と家重が頷く。

　つぶやきのような声が洩れ、忠光がそれに頷いた。

「両名ともになかなかの考えである、とお褒(ほ)めだ」

「は、恐れ入ります」

　二人が同時に頭を下げる。

「か、もん」家重の口が動く。

「おわり、の、よう、すはいか、がか」

　はい、と加門は顔を上げた。

「藩士に聞いたのですが、御附家老の武越様と幕臣の石子様は同じ家からそれぞれに養子に出られた御兄弟であるということです。その石子様は、勝手掛に御就任された松平乗邑様に引き立てられております」

　なに、と家重の顔が歪んだ。

　その口元が、また動く。頷き聞いた忠光がこちらを向く。

「それは真(まこと)か、と仰せだ」

「はい、真です。わたしがこの目で確かめました。まだくわしく申し上げることはできませぬが、探索し、よりはっきりといたしましたら、御報告申し上げます」

加門が頭を下げる。

「さ、よう、か。そう、いた、せ」

家重の目は険しい。が、それを戻すと、

「おき、つ、ぐ」

と、手を上げた。

「はっ」

と意次は家重の前に置かれていた白木の箱を手に取った。それを加門の前に置く。

驚く加門に、意次が片目を細める。

「褒美(ほうび)をくださったのだ、開けてみよ」

はぁ、と加門は蓋を取る。中に並んでいたのは筆だ。持ち手の竹に塗りが施されており、いかにも高価そうだ。

意次が微笑む。

「そなたが『温知政要』を写し、清書したことをお伝えしたら、これをお取り寄せくださったのだ。ここの筆は使い勝手がよいぞ」

「これは」加門はかしこまる。

「ありがたきお心、恐縮でございます」

「よい」

家重の声がはっきりと返って来た。

その手は膝の上の『温知政要』に置かれていた。

六

外桜田、御庭番御用屋敷。

鏡の前で、加門は町人髷を結い終わった。

そこに父が入って来て、

「できたぞ」

と、小皿を置いた。中には茶色の泥のようなものが入っている。加門はそれを指に取ると、顔に塗った。

ふむ、と父は腕を組む。

「少し濃いがまあいいだろう。庭師に姿を変えるのなら、肌はできるだけ黒くなくてはいかんからな」

はい、と加門は茶色を首筋にまで伸ばしていく。

「しかし」父が首をかしげた。

「城に入るのだろう、なにゆえにわざわざ庭師になるのだ」

「城といっても、いつも行っている本丸や西の丸ではないんです。北の丸の田安屋敷に行こうと思いまして」

「田安とは、宗武様のお屋敷ではないか」

はい、と加門は手を止めた。

「正体不明の二人を、本丸でばかり探していました。ところが、大多正純様を西の丸で見つけた……それで気がついたのです。本丸にいるとは限らないと」

「なるほど」

「で、西の丸も一応、探し、二の丸も見ました。ですが見つからないとなると、あとは北の丸です。西の丸や二の丸にはたびたび行っていますが、田安屋敷には行ったことがありませんし、田安のお人らは特別に田安門から出入りすることも許されていると聞いています」

「ふむ、そうか、そうなると、見逃していても不思議ではないな」

「はい」

「わたしも田安に行ったことはない。確かにようすはわからんな」

田安屋敷は田安御門の内側であるためにそう呼ばれている。北の丸に位置するが、もともとなにもない土地だ。本丸や二の丸からも離れ、人が訪れるような建て物もない。草木の繁る土地に建てられた屋敷であるため、閑散としている。

そこに侍姿で行けば、目立つし、怪しまれる。考えたのが庭師に変装することだった。草木が多い分、庭師だけはしょっちゅう出入りがある。

父は息子を見て、小さく頷く。が、すぐに声を険しくした。

「そら、耳を忘れているぞ。そこを塗り忘れるのが、見破られる元なのだ」

あ、と加門はあわてて耳を茶色くしていく。手にも手首にも、色を塗った。

「庭師の通行手形はありましたよね」

加門の問いに、父が立ち上がる。

城の御門を通るための手形は、身分によって異なる。侍用、商人用、職人用と、それぞれの手形が発行されているのだ。

「あるぞ、すべての手形が揃うのは、この御用屋敷くらいであろう」

笑いながら、父は手形を差し出した。

それを懐にしまうと、加門は立ち上がった。股引に尻ばしょり、袖をまくり上げた姿には、若侍の面影など残っていない。

大鋏（おおばさみ）を肩に担ぐと、加門は揚揚（ようよう）と戸口に向かった。

「これ、そのように胸を張ってはいかん」

父の言葉に、慌てて背中を丸める。

出て来た母は、その姿にまあと眉を寄せた。

「変装とはいえ、我が息子がここまで汚くなるとは、悲しくなります」

「ええ」芳乃もうしろから首を伸ばす。

「そのようなお姿、千秋さんに見せてはなりませんよ」

「なぜだ」加門はむっとした。

「千秋殿は変装や変声が得意だぞ、面白がるかもしれん」

まっ、と芳乃が顔をしかめる。

「千秋さんも、道のりは長そうですこと」

なんのことだ、と言いかけて、加門は気を取り直した。つまらない言い争いをしている場合ではない。

「行って参ります」

加門は外へと出て行った。

　本丸を囲む堀を通りすぎて、加門は北の丸の林を歩いた。本丸や西の丸の庭に比べて、警護の人影はほとんど見えない。

　なるほど、宗武様もこのようなところに追いやられてはくさりもするか……。加門は辺りを見渡しながら、進む。ところどころの木に、庭師が登って手入れをしている。梯子(はしご)をかけているところもある。

　加門は屋敷を望める松の木を選んで、上り出した。

　高いところに上るのも下りるのも、幼い頃から修練を受けている。枝に次々に手を伸ばし足をかけ、上っていける。

　太い枝の上に立って、加門は屋敷に顔を向けた。開け放した縁側から、座敷の奥まで見える。

　肩にかけていた鋏で、適当に枝を切りながら、加門は座敷や廊下を行く人々を見つめた。

　宗武だ……。加門はその姿を見つけて手を止めた。おそらく二の丸から帰って来たのだろう、口を曲げた不機嫌そうな面持ちで廊下を歩いて来る。本丸に近い二の丸にずっといたくとも、夕刻になれば、主であるこの屋敷に戻らざるをえないはずだ。

加門は顔をそむけた。

宗武には顔も名も知られている。が、変装しているのだから、こちらを見てもわかるはずはない。そう思っても、一応の警戒心が働く。

奥に消えて行った宗武を、加門は見送った。

そのままじっと中を覗う。

役人が時折、廊下を行き来する。役人は年配の者が多い。

加門はその姿を見て、そうか、と胸中でつぶやいていた。

田安屋敷に仕える者は宗武の家臣というわけではない。あくまでも将軍の臣下であり、その命で田安屋敷に出仕しているのだ。

世子でない宗武は、やがては将軍となる家重の臣下という位置になる。それを踏まえれば家臣を持たせるべきではない、と吉宗が判断したに違いない。年配の役人が多いのも、勢いをつけさせないためだろう。

加門はそう斟酌しながら、屋敷を窺った。と、そこにやや若い姿が現れた。

あっと、喉が鳴る。中肉中背、細面だ。深緑色の羽織を着ているが、上からだと家紋は判別できない。

廊下を歩き、男は先の部屋へと入って行った。

加門は鋏を肩にかけ、松の木を下りる。地面を移動し、男が入って行った部屋へと、近づいて行った。障子は開け放たれており、中がよく見える。

庭の躑躅の茂みに身を隠し、加門はそっと目と耳をそちらに向けた。横を向いた男の羽織の袖に、家紋が見てとれた。笹の葉が横に並んだ五枚笹の紋だ。

年配の役人が、その男に帳簿らしい物を渡した。

「辻井殿、これを写しておいてくだされ」

「はい、一枚でよいでしょうか」

加門の手が拳になった。

男の声は、築地の庭で聞いたかすれ声と同じだ。

名と家紋がわかれば、あとは武鑑で調べるだけだ。

よし、とそっと茂みから離れる。

北の丸の林を、加門は歩き出した。逸る足を抑え、鋏を肩にゆっくりと木立を抜け出た。


西の丸御殿、中奥。

先と同じ小さな部屋で、加門は家重と対峙した。横に意次、家重の傍らには大岡忠光という構図も同じだ。

加門は顔を上げた。

「探索の結果、仔細が判明いたしました」

「う、む、申、して、みよ」

頷く家重に、加門は築地での一件をはじめから説明した。

家重の面持ちがみるみる変わっていく。

加門は声がかすれそうになるのを、咳払いで戻した。家重にとっては、不愉快極まりないことに違いない。それは話せば話すほど、深まっていくのだ。

「その場ではわからなかったお二人を、あとになって探索いたしました。お一人は若年寄の大多正純様、もう一人は田安屋敷に出仕している辻井清七殿でした。辻井殿は御納戸役で、本丸での御役そのままに、田安に出向を命じられたようです」

家重の口が動く。が、はっきりとは聞き取れない。忠光にはわかっているはずだが、それをあえて二人に伝えようともしない。加門も意次も、それを問うようなふうは見せずに、うつむいた。家重は、若年寄大多正純の動向に怒りを覚えているのだ、と察せられたからだ。

大多はしばしば西の丸にも足を運んでいるため、家重にも見えたことがあるだろう。

しかし、大多の西の丸への来訪は、ただの役目上ではないかもしれない。もしかしたら、西の丸を探るためであったかもしれないのだ。そう思えば、憤りを抑えることなどできるはずもない。

加門はそう忖度しながら、家重を見た。縁の下で聞き取った会話を、伝えねばならない。宗武を担ぎ上げて松平乗邑が御側御用人になる、という算段は、家重にこそ伝えるべきだ、と加門は思い定めたからだ。それは意次も賛同したことだった。

抑えた声で、加門はそれを告げた。

家重の顔が紅潮した。

その気持ちを察して、加門はうつむく。

沈黙の中で、家重の手の震えが空を揺らすように感じられた。

意次は場を取り繕うように口を開いた。

「その築地の屋敷は米問屋のものだそうです」

「あ、はい」と加門も言葉をつなぐ。

「三登屋という大店が買い取ったものだということがわかりました。ただ、三登屋に関しては、まだ調べておりません」

「ふむ」と、忠光が頷く。

「米問屋となれば、当然、高間伝兵衛とつながりがあるであろうな」

そう言いながら、忠光は家重を見る。

家重は目元を歪め、口を小さく開いた。

忠光が頷いて、加門に向く。

「その三登屋に関しても探索せよ、と仰せだ」

「はっ」

加門は改めて腰を曲げる。

顔を赤くした家重の代わりに、忠光は加門にねぎらうように言った。

「御苦労であった、下がってよいぞ」

はい、と加門は頭を下げた。

七

医学所に将翁の声が響き渡る。

「よく気勢を上げるというであろう。これは気の勢いを上げることじゃ。戦いに出るときなぞは、気を上げ高めることが必定じゃ。そうしなければ怖(お)じ気て相手に向かって行くことができぬからな。気の弱い者は、普段から争いが苦手であろう」

　にやりと笑って、弟子達を見渡す。

「そなたのことだ」

「なにを言うか、そっちこそ」

　などと、弟子達は互いに肘をつつき合う。

　正吾は、ははと笑って、加門を見た。

「我らはそうだな」

　ああ、と加門も苦笑を返した。

「しかし」将翁は声を高める。

「気を上げるということは、頭に気が集まるということじゃ。やる気は出るが、怒りっぽくもなる。そういう状態が続けば、気が乱れ、人柄も変わってしまったりする。短気になったり、嫌味っぽくなったりもするぞ。八つ当たりするのもそうじゃし、乱暴になるのもそうじゃ。それゆえに、気を上げたまま、高めたままにするのはよくない、病の元じゃ」

　へえ、ほう、とつぶやきがもれる。

「うちの叔父上はきっとそれだ」

「うちはお婆様がそれに近いぞ」

　ひそひそと交わされる声がやむのを待って、将翁は皆を見た。

「気を緩めのは大切なことじゃ。座禅は最もよい方法であろう。気を下ろし、静めるのに、これほどよい方法はない」

　加門は草むしりをして無心になったときのことを思い出した。

　将翁はちらりと加門を見て、続ける。

「無心になることをするのはよい。人から見ればつまらぬことでも、当人が熱中できればそれでよいのだ。それに笑うのもよい。笑えば気が緩み、下がる。ただし、人を見下して笑うのはいかん。駄洒落(だじゃれ)などはいいんですね」

　弟子の問いに、将翁は頷く。

「ああ、よいぞ、考えて一人笑いするだけでもよい。それと遊ぶことだ。遊び、楽しめば、気が緩む。気が緩めば上に集まっていた気が下がって、順気が巡る。それが元気を回復させることにつながるんじゃ」

「では、先生」正吾が手を上げた。

「うまい物を食うのもいいんでしょうか」

「ああ、よい、うまい物を食えばうれしくなる、うれしくなれば順気が巡る」

「それならば」と別の声が上がる。

「酒はもっといいのではないですか。うまいだけではなく、気持ちもよくなります」

ふうむ、と将翁は顔を歪めた。

「酒は少しならばよい。気を緩め、血の巡りもよくするでな。だが、過ぎれば悪くなる。飲み過ぎれば、気持ちが悪くなるし、次の日まで残るであろう。身体にも悪いし、気も乱れるのだ。それに酒を飲むと逆に気が上がりやすくなる者もおる。酔うと怒りっぽくなる者を見たことがあろう」

そうか、とつぶやきが飛び交う。

「よくいるな、怒り出すやつが」

「ああ、いる」

「酔うと手を上げるのもいるぞ」

誰も身内とは言わないが、頷き合う顔が神妙だ。

将翁は咳払いをする。

「気は緩急が大事じゃ。上げてばかりもいかん、下げてばかりもよくない。その両方をほどよく保つことが、元気の秘訣(ひけつ)じゃ」

はい、と弟子達がそれぞれに頷く。

加門も神妙に頷いていた。


家の窓を開け放ち、加門は風を入れた。

二階の窓から見下ろしていると、目を惹く者があった。肩に長細い袋を担いでいる。意次だ。

慌てて下りて行くと、意次がちょうど戸口に立ったところだった。

袋を下ろして入って来る。

「なんだ、それは」

目を丸くする加門の前に、意次はそれを置く。袋の口を開けると、中からそっと棒を取り出した。槍だ。

「家重様からの褒美だ。どうだ、よいだろう」

柄は赤く塗られている。が、それほど長くはない。

意次はそれを差し出しながら、笑顔を向ける。

「柄は三尺（約九〇センチ）だ。そなたが刺客に襲われたことをお話ししたら、家重様がこれを作らせたのだ。家の中でも使える長さでな」

目を見開いたまま、加門はそれを受け取った。見た目よりも軽い。

「これは、ありがたい」

「そうであろう。それでちゃんと身を守れよ」

ああ、と加門は意次を見た。

「家重様の御ようすはどうだ」

「うむ、最近、御酒の量が増えてな、明るいうちから飲まれることもあるのだ」

「そうか……いやな話を聞かされたせいだろうな。いっそ言わないほうがよかったのではないか、とあとから思ったのだが」

いや、と意次はきっぱりと首を振る。

「知らなければ手を打つことができないではないか。たとえ不愉快な話でも、知らねばならんのだ。それが世子として生まれついた家重様の負うべき荷というもの。ほかの誰も代わることはできん」

「それはそうだが……重い荷だな」

「うむ、その分、強くなっていただきたいのだがな、御酒に逃げておられるようで、我らも心配しているのだ」

「ふうむ、強くなるのを期待されるのも、また重荷だろうな」

加門が眉を寄せると、意次はほうと息を吐いた。

「それがお世継ぎとして生まれたお方の宿命であろう。我らはそれをお支えするのが宿命だ」

「宿命か、業だな」

加門は槍を握りしめて、立ち上がった。

手首をひねって槍を回すと、ひゅんと空を斬る音が鳴った。

続いて腕を上げ、大きく振り回してみる。回してもどこにもぶつからない。

「おう、よいぞ」

意次が喝采する。

加門は照れ笑いを殺しながら、足を踏み出して宙を槍で突く。と同時に、外から声が飛び込んできた。

「まあ、なにをしておいでですか、家の中で」

妹の芳乃が入って来る。

「まあ、よい槍……すてきですこと」

千秋も続く。二人のあとから、中間の平助も首を伸ばして入って来た。

驚いて振り向いた意次は、すぐに面持ちを変えた。

「や、これは芳乃殿か、久しく見ないうちによい娘御になられたな」

あら、と芳乃も目を丸くした。

「意次様でしたか、まあ、本当にお久しゅう」

そのやりとりを見ながら戸惑う千秋に、芳乃は頷く。

「田沼意次様です、兄上とは昔からのおつきあいで」

「そう、幼馴染みです」

笑顔で答える意次に、千秋は名乗りながら頭を下げる。

「まあ、上がれ」

槍を仕舞いながら言う加門に、芳乃と千秋は顔を見合わせた。千秋はなにやら胸に風呂敷包みを抱えている。

「兄上、両国に参りましょう」

芳乃の言葉に千秋も「はい」と頷く。

「両国、また芸が見たいのか」

苦笑する加門に、千秋が風呂敷包みをぎゅっと抱く。

「それもありますけど、海ほおずきを買いたいのです、このあいだ、加門様が買われたではないですか」

「ええ」芳乃がつなぐ。

「ほおずき売りは小さな子供を連れていたでしょう、その子達の着物がずいぶんとほつれていたので、わたくしたち、御用屋敷でいらないという着物を集めてきたのです。海ほおずきを買って、着物を渡したいのです」

そうか、と加門は戸惑う。二人も気にかけていたのか……。

話を聞いていた意次が立ち上がった。

「ならば、わたしも連れて行ってくれ。両国はずいぶん前に行ったきりだ」

「まあ、なればいっしょに参りましょう」

芳乃が手を打つ。

いそいそと出て行く娘らを見つつ、加門は意次を振り返った。

「いいのか」

「ああ、両国は商いが盛んであろう。それが見たい。それにほおずき売りの親子とやらも見てみたいしな」

頷く意次の肩を、加門はぽんと叩いた。

「おう、では行こう。町には面白いことがたくさんあるぞ」

「うむ、城にばかりにおると、世がわからなくなるからな」

二人は頷き合って、土間に下りる。

明るい陽射しの下に出ると、にぎやかな神田の道を両国に向かって歩き出した。

二見時代小説文庫

藩主の乱　御庭番の二代目2

著者　氷月 葵

発行所　株式会社 二見書房
東京都千代田区三崎町二-一八-一一
電話　〇三-三五一五-二三一一［営業］
〇三-三五一五-二三一三［編集］
振替　〇〇一七〇-四-二六三九

印刷　株式会社 堀内印刷所
製本　株式会社 村上製本所

落丁・乱丁本はお取り替えいたします。
定価は、カバーに表示してあります。

ISBN978-4-576-16148-8
http://www.futami.co.jp/